H.G. WELLS
A ILHA DO DOUTOR MOREAU

Tradução
Mayra Csatlos

H.G. WELLS

A ILHA DO DOUTOR MOREAU

Principis

Esta é uma publicação Principis, selo exclusivo da Ciranda Cultural
© 2022 Ciranda Cultural Editora e Distribuidora Ltda.

Traduzido do original em inglês
The Island of Doctor Moreau

Texto
H. G. Wells

Editora
Michele de Souza Barbosa

Tradução
Mayra Csatlos

Preparação
Regiane Miyashiro

Produção editorial
Ciranda Cultural

Revisão
Aiko Mine
Mauro de Barros

Design de capa
Wilson Gonçalves

Imagem
white whale/Shutterstock.com

Dados Internacionais de Catalogação na Publicação (CIP) de acordo com ISBD

W453i	Wells, H. G.
	A Ilha do Doutor Moreau / H. G. Wells; traduzido por Mayra Csatlos. - 2. ed. - Jandira, SP : Principis, 2022.
	144 p. ; 15,50cm x 22,60cm. (Clássicos da Literatura Mundial)
	Título original: The Island of Doctor Moreau
	ISBN: 978-65-5552-638-7
	1. Literatura inglesa. 2. Ficção científica. 3. Aventura. 4. Naufrágio. 5. Exílio. I. Csatlos, Mayra. II. Título.
	CDD 820
2022-0155	CDU 82/9.82-31

Elaborado por Lucio Feitosa - CRB-8/8803

Índice para catálogo sistemático:
1. Literatura inglesa : Romance 820
2. Literatura inglesa : Romance 82/9.82-31

2ª edição em 2022
www.cirandacultural.com.br
Todos os direitos reservados.
Nenhuma parte desta publicação pode ser reproduzida, arquivada em sistema de busca ou transmitida por qualquer meio, seja ele eletrônico, fotocópia, gravação ou outros, sem prévia autorização do detentor dos direitos, e não pode circular encadernada ou encapada de maneira distinta daquela em que foi publicada, ou sem que as mesmas condições sejam impostas aos compradores subsequentes.

SUMÁRIO

Introdução 7

No bote do *Lady Vain* 9

O homem que ia a lugar nenhum............................. 12

O rosto estranho 16

No guarda-mancebo da escuna 22

Um homem sem rumo 26

Os barqueiros diabólicos 30

A porta trancada... 35

O choro da puma.. 40

A criatura na floresta.. 44

Um homem em prantos.. 53

À caça de um humano... 57

Os Oradores da Lei... 62

O armistício 70

Doutor Moreau explica.. 75

Sobre a tribo de bestas 86

O sabor do sangue 92

Uma catástrofe 104

O paradeiro de Moreau...110

Um dia de folga de Montgomery.............................115

Sozinho com a tribo de bestas 123

A reincidência dos instintos..................................129

Um homem solitário 141

INTRODUÇÃO

No primeiro dia de fevereiro de 1887, o *Lady Vain* naufragou após colidir com uma embarcação à deriva a aproximadamente 1 grau de latitude Sul e 107 graus de longitude Oeste.

No quinto dia de janeiro de 1888, ou seja, onze meses e quatro dias após o ocorrido, meu querido tio Edward Prendick, um reservado cavalheiro, o qual estivera a bordo do *Lady Vain* na província de Callao e, por consequência, tido como morto, foi resgatado a 5 graus e 3 minutos de latitude Sul e 101 graus de longitude Oeste em um pequeno barco de nome ilegível, o qual pertencera à escuna desaparecida *Ipecacuanha*. No entanto, ele prestara informações tão estrambólicas sobre o ocorrido que foi tido como louco, tendo inclusive alegado que não se lembrava de como teria escapado do *Lady Vain*. Dadas tais circunstâncias, seu estado foi avaliado por diversos psicólogos, que concluíram ser um caso incomum decorrente de um lapso de memória pós-traumático. A narrativa a seguir foi encontrada em meio aos seus documentos por quem vos fala, seu sobrinho e herdeiro, mas sem qualquer pedido de publicação por parte dele.

A única ilha conhecida na região em que meu tio foi resgatado chama-se Ilha dos Nobres, uma ilhota vulcânica e inabitada que havia sido

H. G. Wells

visitada apenas em 1891 pela companhia H. M. S. Scorpion. Seus velejadores que, então, desembarcaram na ilhota não encontraram nada além
de mariposas brancas peculiares, javalis, lebres e ratazanas atípicas.
Haja vista tais circunstâncias, asseguro-lhes que esta narrativa é, em sua
mais tenra essência, inusitada. Portanto, em razão de tal excentricidade,
creio que divulgá-la não aborreceria meu tio. Em seu nome e memória,
afirmo: sim, ele sumiu a 5 graus de latitude Sul e 105 graus de longitude
Leste e, sim, reapareceu na mesma extensão do oceano após onze meses.
De alguma maneira, ele conseguiu sobreviver durante esse intervalo.
Segundo testemunhos coletados em diversos portos do Pacífico Sul, a
escuna *Ipecacuanha* e o capitão bêbado John Davies teriam iniciado
a jornada pelos oceanos com uma puma e outros animais a bordo em
janeiro de 1887. No entanto, a embarcação teria desaparecido (com
uma grande quantidade de coco seco a bordo) após a partida de Bayna,
em dezembro de 1887, data que coincide com a história de meu tio,
rumo a um destino incógnito.

Charles Edward Prendick
(A história escrita por Edward Prendick)

NO BOTE DO LADY VAIN

Não pretendo acrescentar nada mais ao que foi dito a respeito do naufrágio do *Lady Vain*. Como todos sabem, ele colidiu com uma embarcação naufragada dez dias após a saída de Callao.

Com sete velejadores a bordo, o escaler foi resgatado após dezoito dias pela canhoneira *H. M. Murta*, e sua terrível história de privação tornou-se famosa como "o pior caso do tipo *Medusa*[1]". No entanto, devo acrescentar outro detalhe possivelmente tão horripilante quanto bizarro à história publicada sobre o *Lady Vain*. Até o momento, supôs-se que os quatro homens a bordo teriam sucumbido. Todavia, essa informação é um enorme equívoco, e detenho evidências contundentes para afirmá-lo: eu mesmo estava a bordo do *Lady Vain*.

Em primeiro lugar, devo dizer que nunca houve quatro homens na embarcação; éramos três homens apenas. Constans, que era considerado pelo capitão como o "intrépido"[2], felizmente para nós e infelizmente para ele, não pôde nos alcançar no momento do acidente. Deslizou pelo

---
[1] *Medusa* era uma embarcação francesa que naufragou em 1816. Entre os sobreviventes do desastre, havia quinze pessoas resgatadas em uma jangada, as quais chegaram ao limite da humanidade na tentativa de serem socorridas com vida. (N.R.)
[2] Segundo o periódico *Daily News* de 17 de março de 1887. (N.T.)

emaranhado de cordas embaixo do gurupés danificado, mas uma pequena corda enroscou em seu calcanhar e o pendurou de cabeça para baixo antes que ele caísse e colidisse com um mastro, ou obstáculo, que flutuava na água. Tentamos trazê-lo de volta à superfície, mas fracassamos.

Digo que fomos sortudos por Constans não ter nos alcançado, mas, na verdade, a sorte foi dele próprio, já que, após o acidente, nos restaram apenas um punhado de biscoitos encharcados e um pouco de água, tamanho era o despreparo da embarcação e tão inesperado fora o ocorrido.

Então, tentamos chamar a atenção de umas pessoas dentro de uns botes, que supostamente estariam mais bem aprovisionadas do que nós (apesar das aparências o negarem), mas não conseguiram nos ouvir e, na manhã seguinte, quando a garoa deu-nos uma trégua, pouco depois do meio-dia, não as víamos mais. Na verdade, sequer podíamos levantar, tamanho era o balanço da popa e da proa. Os outros dois homens que haviam escapado comigo eram Helmar, tão passageiro quanto eu, e um marinheiro cujo nome desconheço, um homem grande e musculoso, que tinha uma gagueira peculiar.

À deriva, estávamos famintos e, mais tarde, quando a já escassa água se esgotou por completo, nos vimos atormentados durante oito longos dias pela sede excruciante.

Após o segundo dia à deriva, o mar transformou-se em calmaria. É quase impossível que você, leitor, consiga imaginar o que foram esses oito dias. Com sorte, faltam-lhe experiências para tal imaginação.

Após o primeiro dia, mal nos dirigíamos uns aos outros, apenas permanecemos em nossos lugares. Somente olhávamos para o horizonte, ou melhor, testemunhávamos, com olhos a cada dia mais abugalhados e abatidos, a miséria e a fraqueza tomarem conta de nossos companheiros.

O Sol tornou-se impiedoso. A água acabou no quarto dia, quando começamos a alucinar. Nossos olhares diziam tudo o que nossas bocas não eram capazes. Creio que esse foi, na verdade, o sexto dia antes que Helmar desse voz ao que todos estávamos pensando. Lembro-me de nossas vozes tão ásperas e enfraquecidas a ponto de termos de nos aproximar uns dos outros para que fôssemos ouvidos. Levantei-me com todas as forças em uma tentativa de afundar o bote e perecer junto aos

A Ilha do Doutor Moreau

tubarões que nos seguiam há dias; mas quando Helmar, em vez disso, propôs que bebêssemos a água do mar, o marinheiro discordou.

Mal conseguia me mexer naquela noite em que o marinheiro sussurrava insistentemente para Helmar. Sentei-me na proa com um canivete em mãos, embora não tivesse forças para lutar. Na manhã seguinte, concordei com a proposta de Helmar: tiramos cara ou coroa e o marinheiro, o mais forte de todos, saiu na pior. Tendo discordado, atacou Helmar com as mãos. Travaram uma briga e quase se levantaram. Arrastei-me até eles e, na tentativa de auxiliar Helmar, puxei o marinheiro pelas pernas, que, por sua vez, se desequilibrou com a movimentação e rolou para fora do barco, levando Helmar consigo. Os dois afundaram como duas pedras. Lembro-me de rir inesperadamente sem entender por quê.

Em seguida, deitei-me em um dos assentos por não sei quanto tempo, pensando que, se tivesse forças, beberia água do mar e me mataria lentamente. E, enquanto permanecia lá, deitado, sem iniciativa, vi uma embarcação vir até mim direto do céu. Minha mente estava provavelmente desvairando, no entanto, lembro-me de tudo perfeitamente. Lembro-me de como minha cabeça balançava com o barco e de como o horizonte dançava no mesmo ritmo. Recordo-me ainda da convicção de estar morto e da piada que seria se por tão pouco me encontrassem vivo.

Durante um período interminável, como pareceu, permaneci deitado com a cabeça no assento enquanto observava a escuna (era uma pequena embarcação com proa e popa) emergir do mar. Ela balançava para a frente e para trás em um compasso crescente, já que navegava morta pelos ventos. Nunca passou pela minha cabeça chamar sua atenção e não me lembro de mais nada após tê-la visto. Só me lembro de acordar em uma pequena cabine em sua popa.

Ainda tenho uma vaga lembrança de ter sido carregado pelos corredores, bem como de um rosto redondo, cheio de sardas e repleto de cabelos ruivos, o qual me fitava por entre os baluartes. Também tenho a impressão de ter visto um rosto cuja pele era escura e os olhos eram bem grandes. Lembro-me desses olhos bem próximos dos meus; mas este creio ter sido um pesadelo, até que o encontrei novamente. Bem, depois, colocaram algo em minha boca e isso é tudo de que me recordo.

O HOMEM QUE IA A LUGAR NENHUM

A cabine em que eu estava era diminuta e consideravelmente desorganizada. Sentado ao meu lado enquanto verificava meu pulso, estava um jovem de cabelos claros, com um bigode desgrenhado cor de palha e cujo lábio inferior parecia ligeiramente caído. Por um momento nos encaramos sem que disséssemos nada. Ele tinha olhos acinzentados e um olhar estranhamente vazio. De repente, pude ouvir um som como de metal proveniente de algum compartimento superior seguido de um rosnado de um animal de grande porte. O homem falou ao mesmo tempo, repetindo sua pergunta:

– Como se sente?

Creio ter dito que me sentia bem. Não conseguia me lembrar como havia chegado ali. Ele provavelmente leu essa pergunta na minha expressão facial, já que a minha voz mal podia ser ouvida.

– Você foi encontrado faminto em um barco. O nome da embarcação era *Lady Vain*. Havia manchas de sangue pelo convés – disse o homem.

Passei os olhos pelas minhas mãos e elas estavam tão magras que pareciam uma bolsa suja de pele e ossos. Nesse momento, lembrei-me de tudo o que passara no bote à deriva.

A Ilha do Doutor Moreau

– Beba um pouco disto – disse ele enquanto me oferecia uma dose de alguma bebida escarlate gelada.

Tinha gosto de sangue e fez com que me sentisse um pouco melhor.

– Você teve sorte de ter sido encontrado por um navio com um médico a bordo – disse, soltando alguns perdigotos e com uma ligeira sombra de "língua presa" na fala.

– Que navio é este? – perguntei com um fio de voz rouca, devido ao longo período recôndito ao meu próprio silêncio.

– É um pequeno navio mercante de Arica e Callao. Tampouco perguntei quando subi a bordo, provavelmente da terra dos tolos. Sou apenas um passageiro de Arica. O dono desta embarcação, um parvo, é, por coincidência, o capitão, chamado Davies. Ele disse que perdeu o certificado de navegação ou algo assim. Você pode imaginar o tipinho que ele é... chama o troço de *Ipecacuanha*, nomezinho infernal. No entanto, quando os ventos não estão favoráveis, ela até que navega como esperado.

(Neste momento, ouvi o som do compartimento superior mais uma vez, seguido de um rosnado e a voz de um humano. Depois, ouvi outra voz que mandava "algum miserável idiota" desistir.)

– Você quase morreu – disse meu interlocutor. – Foi por muito pouco, mas dei-lhe algumas injeções. Vê seu braço? Você ficou inconsciente por quase trinta horas.

Aos poucos, comecei a raciocinar. (Mas distraí-me com os latidos de vários cachorros.)

– Posso comer algo sólido? – perguntei.

– Graças a mim, você pode – disse. – O carneiro está no fogo.

– Ótimo – respondi com deleite. – Eu adoraria carne de carneiro.

– Contudo – disse ele com uma ligeira hesitação –, tenho interesse em saber como você foi parar naquele barco sozinho. Droga de uivo! – senti que estava um tanto desconfiado.

De repente, o homem deixou a cabine e pude ouvi-lo discutir violentamente com alguém, que respondia com uma conversa sem sentido. Pareceu-me, então, que o assunto foi resolvido na base da bordoada, mas meus ouvidos provavelmente me enganaram. Depois, o homem gritou com os cães e voltou à cabine.

– E então? – perguntou-me assim que alcançou a porta. – Você ia me contar o que houve.

Disse a ele o meu nome, Edward Prendick, e como as ciências naturais representavam um alívio em minha confortável independência.

Ele pareceu interessado:

– Eu estudei muita ciência também. Estudei Biologia na University College, desde o ovário das minhocas à rádula das lesmas e tudo mais... Deus! Já se foram dez anos... mas, enfim, continue. Fale-me sobre a embarcação.

Ele estava claramente satisfeito com a franqueza da minha história, a qual contei de maneira concisa, já que ainda me sentia bastante fraco. Quando terminei, ele voltou ao assunto das ciências naturais e seus estudos no campo da Biologia. Então, perguntou-me sobre a Rodovia Tottenham Court e a Rua Gower[3].

– A Caplatzi[4] vai bem? Que loja maravilhosa.

(Ele parecia ter sido o típico aluno de Medicina, voltando vez ou outra ao assunto dos salões de música. Contou-me, inclusive, algumas anedotas.)

– Deixei tudo para trás – disse. – Dez anos se passaram. Que divertida era a vida! Entretanto, eu era um moleque e caí fora antes de completar meus vinte e um anos. Ouso dizer que tudo mudou muito. Enfim... deixe-me ver como vai aquele projeto de cozinheiro e o que houve com o seu carneiro.

Os cães voltaram a ladrar subitamente e com tanta ferocidade que me apavorei por um instante.

– O que é isso? – chamei-o, mas a porta estava fechada. Ele finalmente voltou com um carneiro tão quentinho e fumegante que me esqueci de todo o tumulto que as feras estavam causando lá em cima.

---

[3] Duas ruas famosas na cidade de Londres, Reino Unido. (N.T.)

[4] Loja de artigos científicos na cidade de Londres, Reino Unido. (N.T.)

A Ilha do Doutor Moreau

Após um dia inteiro de sono e comilança alternados, me sentia tão revigorado a ponto de conseguir levantar-me do beliche onde me encontrava e caminhar até a escotilha para ver o mar verdejante se movimentando no mesmo ritmo da embarcação.

Supus que a escuna estava navegando a favor dos ventos. Montgomery, o cavalheiro de cabelos cor de palha, voltou e aproveitei para lhe pedir alguns trajes emprestados, já que os meus haviam sido jogados ao mar. Então, me entregou alguns frangalhos de sua própria coleção. A verdade é que as roupas ficaram bem largas, pois era, de fato, um homem robusto e longilíneo. Contou-me que o capitão estava completamente embriagado em sua cabine. Enquanto eu me vestia, comecei a questioná-lo sobre o destino da embarcação em que nos encontrávamos. Montgomery disse que ela ia ao Havaí, mas que ele desembarcaria em outro lugar.

– Onde? – interpelei-o.

– Na ilha onde moro. Até onde eu sei, não tem nome.

Percebi que o homem me encarou, como uma estátua, com seu lábio inferior ligeiramente caído e uma boçalidade um tanto suspeita, como se tentasse esquivar-se dos meus questionamentos. Fui discreto o bastante para interromper meu breve inquérito.

O ROSTO ESTRANHO

Deixamos a cabine e logo encontramos um homem obstruindo nosso caminho. Ele estava parado no meio da escada, de costas, aparentemente auxiliando com a braçola da escotilha. O homem parecia disforme, baixo, parrudo e desalinhado, com uma visível corcunda, pescoço peludo e a cabeça afundada entre os ombros. Ele vestia uma sarja azul-marinho e tinha cabelos grossos, ásperos e escuros. Então, fitei os cães furiosos latindo em sua direção. Em uma tentativa de esquivar-se das feras, o homem se apoiou sobre mim, e o repeli com os braços. O homem virou-se rápida e instintivamente, como um animal.

Nesse momento, de alguma forma inexpressável, seu rosto escuro me arrepiou. Era um rosto disforme. A face era proeminente, como um focinho, e a imensa boca, semiaberta, permitia que víssemos seus enormes dentes brancos como nunca vira em uma boca humana. Os cantos dos olhos tinham cor de sangue e mal lhe restava qualquer porção branca ao redor das pupilas, que, por sinal, eram cor de avelã. Ele radiava um estranho entusiasmo.

– Que vergonha! – gritou Montgomery. – Por que raios não sai da frente?

A Ilha do Doutor Moreau

O homem de pele escura desviou sem pestanejar. Continuei ao lado do meu companheiro, instintivamente encarando o homem. Montgomery, por sua vez, ficou parado por um instante.

– Esse lugar não é para você – disse de maneira imperativa. – O seu lugar é lá na proa.

O homem de feição sinistra acovardou-se.

– Mas eles não me querem lá – disse com a voz trêmula e vagarosa.

– Ah, quer dizer que não querem você lá? – ameaçou Montgomery. – Mas eu estou mandando você ir para lá! – intentou dizer algo mais, porém preferiu conter-se, subindo as escadas comigo.

Eu havia parado, a caminho da escotilha, olhando para trás, ainda estupefato com a feiura daquela criatura. Eu nunca havia sentido tanta repulsa como por aquele homem, mas, ao mesmo tempo, se é que se pode crer em tamanha contradição, senti algo estranho, como se já tivesse me deparado com tais características e trejeitos que me estarreciam. Mais tarde, ocorreu-me que pudesse tê-lo visto quando fui resgatado do barco à deriva. Todavia, tal suspeita não me convencera inteiramente. Como eu poderia ter posto os olhos em uma figura tão ímpar e ter esquecido tal ocasião?

O movimento de Montgomery chispou-me a atenção. Então, olhei para o convés da pequena escuna. De alguma maneira, eu já estava preparado para o que veria pelos sons que ouvira anteriormente. Asseguro-lhes que nunca havia visto um convés tão sujo na vida. Havia restos de cenoura, folhas e um fedor indescritível. Presos por correntes ao principal mastro, estavam cães de caça aterrorizantes, que obviamente começaram a ladrar e pular em minha direção, e, mais à frente, próxima da mezana, uma puma enorme me encarava dentro de uma jaula minúscula. Abaixo do baluarte a estibordo, havia um grande número de gaiolas abarrotadas de lebres, uma única lhama infeliz em uma jaula e cães amordaçados com farrapos de couro. O único homem no convés era um marinheiro esquelético no controle do timão.

As velas de ré, remendadas e imundas, estavam eretas na direção do vento e, ao olhar para o alto, a pequena embarcação parecia levar todas as velas possíveis. O céu estava limpo, o Sol se punha a Oeste; a brisa trazida pelo quebrantar das grandes ondas parecia a nosso favor. Passamos pelo marinheiro, rumo à parte superior do convés, e vimos toda aquela água espumando abaixo da popa, as bolhas dançavam e então desapareciam. Virei-me e fiquei perplexo com o tamanho da embarcação.

– Esta é uma coleção de animais aquáticos? – perguntei.

– É o que parece – retrucou Montgomery.

– Para que serão usadas essas espécies? Comércio de raridades? Será que o capitão pensa em vendê-las em algum lugar nos mares do Sul?

– É o que parece, não é? – repetiu Montgomery, voltando à posição de vigília.

De repente, ouvimos um uivo e uma onda furiosa de blasfêmias da escotilha. O homem deformado surgiu rapidamente. Estava sendo guiado por outro homem de cabelos cor de fogo, que usava um chapéu branco. Quando os cães fitaram a criatura sinistra, logo puseram-se a latir, rosnar, pular e puxar as correntes com absoluta voracidade. O homem sinistro se esquivou e o outro, dos cabelos cor de fogo, revidou com um golpe direto em sua escápula.

O pobre caiu ao chão como um touro vencido e rolou naquela imundice, em meio aos cães ferozes. Por sorte, estavam amordaçados. O homem dos cabelos cor de fogo riu-se e observou a desgraça alheia. Ele cambaleava para trás, na direção da escotilha, e, depois, para frente, na direção de sua vítima.

Assim que o segundo homem apareceu, Montgomery foi para frente.

– Quietinho aí – gritou com um tom de protesto.

Então, alguns marinheiros apareceram no castelo de proa. Em seguida, o homem sinistro rosnou com uma voz distinta e rolou de volta aos pés dos cães ferozes.

Ninguém tentou ajudá-lo. Pelo contrário, os animais o aborreciam e espezinhavam. De fora, podia-se ver uma dança de corpos desajeitados e a figura consternada do homem.

Os marinheiros urravam como se aquilo fosse algum tipo de esporte. Montgomery exclamou com raiva e desceu ao convés, em direção àquela cena. A pobre criatura manquejava, apoiada no baluarte, onde permaneceu, ofegante, encarando as feras. O homem dos cabelos cor de fogo ria-se da situação, satisfeitíssimo.

– Veja, capitão! – disse Montgomery, com sua dicção atravancada ainda mais acentuada, enquanto segurava o homem dos cabelos ruivos pelos cotovelos. – Não vai funcionar desse jeito!

Fiquei atrás de Montgomery. O capitão deu meia-volta e o olhou com olhos de alguém embriagado.

– O que é que não vai funcionar? – perguntou. E, todo modorrento, encarando Montgomery por alguns segundos, completou:

– Maldito doutorzinho!

Montgomery sacudiu os braços e, após duas tentativas ineficazes, enfiou os punhos repletos de sardas dentro dos bolsos laterais.

– Aquele homem é um passageiro – retrucou Montgomery. – Mantenha-se longe dele.

– Vá para o inferno! – irrompeu o capitão em voz alta. De repente, virou-se e cambaleou para os lados. – Eu faço o que eu quiser dentro do meu próprio navio.

Em vista da bebedeira do capitão, penso que Montgomery simplesmente o teria ignorado. No entanto, ele só ficou um pouco mais pálido e acompanhou o capitão até o baluarte mais próximo.

– Veja bem, capitão, aquele homem não deve ser maltratado. Ele tem sido humilhado desde que entrou a bordo.

Por um minuto, a eructação alcoólica do capitão o manteve sem palavras.

– Maldito doutorzinho!

Pude perceber a cólera, lenta e contínua, crescer em Montgomery, uma fúria que se intensificava dia após dia até tornar-se intolerável demais para ser contida; era o prenúncio de uma briga iminente.

– Ele está embriagado – tentei acalmá-lo, talvez importunamente. – Esquece isso, não vai prestar para nada.

Montgomery retorceu o lábio inferior de um jeito bizarro.

– Mas ele está sempre bêbado. Você acha que isso é desculpa para destratar os passageiros?

– Meu barco – repetia o capitão, remexendo as mãos de um lado para o outro, apontando para as jaulas. – Meu barco era limpo. Veja o estado dele agora! – Era decerto tudo, menos limpo. – Minha tripulação... – continuou – Minha tripulação sempre foi limpa e respeitável.

– Você concordou em transportar as bestas.

– Eu nunca deveria ter olhado para sua ilha abominável. Para que diabos alguém iria querer bestas de uma ilha daquela? E tem aquele homem também, o qual eu achei que era homem. Ele é um louco; ele não tem motivos para ir à popa. Você está achando que o barco é seu?

– Seus marinheiros humilharam o pobre coitado desde que ele subiu a bordo.

– É isso mesmo o que ele é, um coitado! E feio! Minha tripulação não suporta ele, eu não suporto ele. Ninguém aqui suporta ele, muito menos você.

Montgomery deu meia-volta e fitou o capitão.

– Fique longe dele – ameaçou-o, balançando a cabeça.

No entanto, o capitão, inebriado e à procura de briga, levantou o tom da voz:

– Se ele vier à popa de novo, eu o estripo de cabo a rabo, lhe asseguro. Arranco todo o diabo das tripas dele! Quem é você para dizer o que eu faço ou não aqui dentro? Repito, eu sou o capitão deste navio, aliás, capitão e proprietário. Eu sou a lei aqui dentro, a lei e, por sinal, o único profeta. Negociei o transporte de um homem e seus pertences de e para Arica, juntamente com alguns animais. Nunca negociei o transporte de uma aberração e um doutorzinho, um verdadeiro...

Bem, não importa como ele ofendeu Montgomery. O que importa é que o vi entrepor-se em direção ao capitão.

– Esquece, ele está alcoolizado – interpelei. O capitão, por sua vez, desceu mais um nível em questão de xingamentos.

– Cale a boca! – retruquei, voltando-me ao beberrão incisivamente, já que Montgomery não parecia nada sereno. No entanto, a tempestade voltou-se contra mim.

A Ilha do Doutor Moreau

De qualquer forma, fiquei feliz em evitar o confronto, mesmo que pelo preço do mau humor alcoólico do capitão. Embora sempre estivera rodeado por companheiros um tanto excêntricos, creio que nunca na vida tinha ouvido um linguajar tão chocante em um fluxo de consciência daquele! Apesar de considerar-me um homem um tanto quanto calmo, confesso que alguns vocábulos foram muito difíceis de acolher. Mas, de fato, quando convidei o capitão a, gentilmente, calar sua boca, havia decerto esquecido quão fracassado sou, sem quaisquer recursos, inclusive para pagar o meu próprio transporte naquele navio, um grande exemplo da benevolência daquela gente ou daquela empresa, o que quer que seja. E o capitão, evidentemente, com todo o seu desprovimento de classe, lembrou-me disso tudo! Enfim, fiquei satisfeito em evitar o combate físico.

NO GUARDA-MANCEBO[5] DA ESCUNA

Naquela noite, a terra firme foi avistada logo após o entardecer, e então a escuna apenas flutuou. Montgomery confirmou que aquele era seu destino. A ilhota estava tão longe que mal podíamos ver qualquer detalhe. Na verdade, pareceu-me um retalho estirado de cor azul-marinho naquele mar incerto e acinzentado.

No entanto, uma corrente de fumaça comprida que esvoaçava do topo da ilha parecia beijar o céu. O capitão não estava no convés quando ela foi avistada. Após descarregar toda a sua ira sobre mim, resolveu tirar um cochilo no chão da cabine. Seu colega, aquele sujeito escarnado e taciturno, o qual fora visto no timão anteriormente, teve de assumir o controle. Ele parecia tão irritado com Montgomery que sequer notou a nossa presença. Mais tarde, jantamos com ele em meio a um silêncio enfastiado, apesar das minhas tentativas inúteis de travar uma conversa com o indivíduo. Fiquei surpreso com a particular hostilidade

---

[5] Guarda-mancebo é um item de segurança presente em quase todas as embarcações, composto de uma estrutura normalmente metálica e tubular que protege as laterais dos barcos, como um parapeito em uma varanda. (N.R.)

dispensada a mim e aos animais. Percebi que Montgomery estava bastante reticente quando se referia ao destino daquelas criaturas, mas, apesar da minha curiosidade latente, preferi não pressioná-lo.

Permanecemos no convés superior até que o céu se encheu de estrelas. A noite estava bastante calma, exceto por um som aqui e outro acolá do castelo de proa amarelo brilhante ou então do movimento de alguns animais. A puma estava de cócoras enquanto nos observava com seus olhos brilhantes. Parecia um amontoado escuro no canto da jaula. Montgomery fazia seus próprios charutos e me falava sobre Londres com saudosismo e me perguntava sobre as principais mudanças na cidade. Seu entusiasmo sobre a vida que levava lá era evidente, mas parecia ter sido inesperadamente privado de tudo aquilo de maneira permanente. Enquanto ele falava, eu rumorejava sobre isso e aquilo. O tempo todo, aquela estranheza perturbava minha mente e, à medida que eu falava, notava seu rosto pálido e esquisito me espiando através da lanterna do binóculo, bem atrás de mim. Depois, fitava o mar enegrecido, na direção da misteriosa ilhota.

Aquele sujeito me parecia ter vindo do além para salvar a minha vida. No dia seguinte, ele desembarcaria e sumiria para sempre. Fosse em circunstâncias normais, consideraria sua partida trivial, mas ele era um homem instruído, o qual vivia em uma ilhota desconhecida com pertences um tanto inusitados. A pergunta do capitão não calava em minha mente: o que ele faria com aquelas bestas? Sem mencionar a natureza bizarra de seu criado, o que me chocou profundamente. Tais circunstâncias tornavam Montgomery um sujeito ainda mais misterioso, tomando conta da minha imaginação de maneira inexplicável.

Por volta da meia-noite, nossa conversa sobre Londres já tinha se esgotado, e nós continuávamos recostados no guarda-mancebo, observando o céu estrelado, em meio ao silêncio, cada qual com seus próprios pensamentos. A atmosfera estava propícia às emoções, a começar pela gratidão que eu sentia.

– Se é que posso dizer isso – irrompi o silêncio –, você salvou a minha vida.

– Foi sorte – disse ele. – Apenas sorte.

– Prefiro agradecer ao responsável pela minha sorte.

– Não agradeça a ninguém por isso. Você precisava e eu tinha os conhecimentos; alimentei-o e vacinei-o, como teria feito com qualquer outra espécie. Eu estava entediado e queria um passatempo mesmo. Mas, se eu estivesse exausto ou não tivesse ido com a sua cara naquele dia... quem sabe onde você estaria agora.

Seu tom me esmoreceu um pouco.

– De qualquer forma – comecei.

– Foi pura sorte – ele me interrompeu – tal como qualquer outra coisa na vida de um homem. Apenas os imbecis não veem isso! Por que estou aqui agora? Exilado da civilização em vez de desfrutar dos prazeres que Londres tinha a me oferecer? Simplesmente porque onze anos atrás tive um momento de insensatez em uma noite nebulosa.

Ele parou.

– Sério? – perguntei.

– Enfim, é isso.

Mergulhamos no silêncio de novo. De repente, ele riu-se.

– Há algo nesse céu estrelado que nos tira a capacidade de falar... Sou um idiota e, de alguma maneira, gostaria de poder lhe contar...

– Seja lá o que queira dizer, manterei em segredo, se esse for o caso.

Ele estava a ponto de desembuchar quando balançou a cabeça, claramente tomado pela dúvida.

– Não diga – interrompi. – Não faz diferença para mim. Afinal, é melhor que mantenha segredo. Eu não ganharia nada com isso além de um alívio por ter sua confiança. Caso não tenha, bem…

Montgomery resmungou. Senti que estava em vantagem sobre ele, coloquei-o em uma situação um tanto indiscreta. E, honestamente, eu não me interessava de verdade em saber o que teria instigado um jovem estudante de Medicina a deixar Londres. Não podia imaginar. Apenas dei de ombros e o deixei. Apoiada no guarda-mancebo, estava a criatura de pele obscura contemplando as estrelas. Era o assistente de Montgomery. Ele olhou por cima dos ombros rapidamente e depois perdeu o olhar novamente no céu.

Pode parecer um tanto insignificante, mas aquilo foi um golpe para mim. A única luz mais próxima de nós era a da lanterna no timão. Por um breve instante, o rosto da criatura fitou a iluminação da lanterna direto da escuridão da popa, onde estava, e pude ver seus olhos irradiarem uma luz verde enquanto me encarava.

Eu desconhecia, àquela época, que uma luz avermelhada podia ser comum aos olhos humanos. No entanto, aquela cena me parecia uma evidência da desumanidade da criatura. A figura com olhos que pareciam estar em chamas assombrou todos os pensamentos e sentimentos de alguém já bem crescido, levando-me aos horrores ocultos que me amedrontavam quando criança. Depois, o efeito passou, restando apenas a imagem de um assistente sem qualquer importância, recostado sobre o guarda-mancebo observando o céu estrelado. Nesse momento, percebi que Montgomery dizia algo.

– Acho que vou me deitar – disse. – Você já ouviu o bastante.

Respondi de maneira tão inconsistente que, ao final, descemos e ele me desejou uma boa noite à porta de sua cabine.

Naquela noite, tive sonhos bastante desagradáveis. A lua minguante tardou a aparecer. Ela produzia um feixe de luz que penetrava na minha cabine, formando uma imagem tenebrosa nas tábuas do beliche onde eu dormia. Passado um tempo, os cães despertaram e começaram a uivar e ladrar insistentemente. Como consequência, tive um sono intermitente e mal consegui descansar antes do amanhecer.

UM HOMEM SEM RUMO

Ao raiar do dia (na manhã seguinte à minha recuperação e, provavelmente, no quarto dia após meu resgate), acordei depois de um grande tumulto de sonhos: de armas a multidões uivantes. Ouvi um berro um tanto rouco vindo do alto. Esfreguei os olhos e deitei-me novamente, confuso sobre onde estava. Em seguida, ouvi uma disparada de pés descalços e o som de objetos pesados sendo atirados, seguido por um ranger brusco e o alarido metálico de correntes. Ouvi o sussurro das águas assim que a embarcação foi trazida e, então, uma onda amarelo-esverdeada quebrou sobre a janela, deixando-a toda respingada. Vesti-me em um ímpeto e corri para o convés.

Assim que subi as escadas, vi o céu avermelhado, pois o Sol acabara de nascer, as costas largas e os cabelos cor de fogo do capitão, e sobre seus ombros a puma girando ao redor de um fio preso à vela da mezena.

O pobre brutamontes parecia terrivelmente assustado e agachou-se no fundo de sua jaula.

– Fora do barco com eles! – berrou o capitão. – Eu disse fora do barco agora. Vamos fazer uma limpeza na imundice de vocês.

Ele permanecia no meio do caminho, de modo que fui obrigado a cutucá-lo para que eu pudesse subir para o convés. Ele deu meia-volta,

A ILHA DO DOUTOR MOREAU

cambaleou para trás e me encarou. Não era necessário nenhum olhar apurado para afirmar que continuava bêbado.

– Olá – disse de maneira atordoada; e então, com a luz batendo em seus olhos, inquiriu: – Por quê, o senhor é qu-quem?

– Prendick – me aprontei a responder.

– Prendick uma ova! – disse ele. – Cale a boca, esse é o seu nome: Senhor Cale-a-Boca.

Eu não deveria tê-lo respondido, mas, de fato, não esperava sua reação. Ele agarrou o portaló, onde Montgomery esperava enquanto conversava com um gigante de cabelos acinzentados em frangalhos azuis e imundos, o qual parecia ter acabado de subir a bordo.

– Por ali, Maldito Senhor Cale-a-Boca! Por ali! – urrava o capitão.

Montgomery e seu companheiro viraram de costas assim que ele gritou.

– O que você quer dizer com isso? – perguntei-lhe.

– Eu disse por ali, é isso o que eu quis dizer! Ao mar agora! Estamos tirando todo o lixo do barco e isso significa que você cai fora.

Encarei-o, atônito. De repente, pensei que estar no barco era exatamente o que eu queria. A perspectiva de uma viagem na qualidade de único passageiro com um beberrão rusguento até que não parecia má ideia. Virei-me a Montgomery.

– Você não pode ficar – disse o companheiro grisalho de Montgomery, de maneira concisa.

– Não posso ficar? – retruquei indignado. Aparentava ser o sujeito mais conservador e intransigente em que havia posto os olhos em toda a vida.

– Veja bem – dirigi-me de volta ao capitão.

– Dê o fora – berrou o capitão. – Este navio não carrega mais bestas, canibais e coisas ainda piores do que bestas. Ao mar, Maldito Senhor Cale-a-Boca! Se eles não podem ficar com você, se lance ao mar. Vá logo, essa gentarada. Estou farto dessa ilha para todo o sempre, amém! Basta.

– M-mas, Montgomery... – supliquei.

Ele deu uma leve franzida no lábio inferior e balançou a cabeça, em um gesto de total desesperança. Parecia que ele não tinha qualquer poder de escolha sobre o sujeito grisalho ao seu lado.

– Deixe-me ver – disse o capitão.

Nesse momento, pôs-se um falatório de três lados. Eu, intercaladamente, suplicava para cada um dos homens que me encaravam; em primeiro lugar, ao grisalho, para que me deixasse aportar em sua ilhota, depois ao beberrão, para que permitisse a minha permanência no barco. O desespero era tamanho que até aos marinheiros mendiguei com olhar de obséquio. Montgomery não dizia uma palavra, e "cai fora" era o refrão repetido pelo proprietário do barco.

– Dane-se a lei! Eu sou o rei aqui. – Finalmente, minha voz se destacou em meio àquela rixa sem-fim. Fui tomado por um rompante histérico, um tanto assoberbado. Voltei à popa, olhando o nada, completamente desolado.

Enquanto isso, os marinheiros prosseguiam rapidamente com a tarefa de descarregar as jaulas e os pacotes. Em uma lancha com duas vértices, abaixo do sotavento da escuna, pairava uma variedade incomum de pacotes balançando com o ritmo das águas. Eu não conseguia enxergar o início da costa onde os pacotes estavam sendo descarregados, já que o casco lateral da escuna não me permitia. Montgomery e seu companheiro tampouco me viam dali, estavam mais preocupados em auxiliar o descarregamento dos objetos, bem como dar orientação aos marinheiros. O capitão se intrometia e atrapalhava mais do que assistia todo momento. Minhas emoções alternavam entre o desespero e o desalento. Vez ou outra, tive crises de riso ao pensar sobre o infortúnio da minha vida, além de sentir um profundo aborrecimento pela falta de café da manhã. Como a fome e a falta de alguns glóbulos vermelhos são capazes de sugar toda a coragem de um homem? Faltava-me ânimo tanto para resistir ao meu escorraço do barco quanto para proclamar a minha estadia na ilhota de Montgomery e seu companheiro. Logo, esperei passivamente o destino resolver o que faria de mim. Enquanto isso, as transferências dos objetos do barco continuaram sem que minha existência fosse sequer apercebida.

Assim que o serviço havia terminado e o momento derradeiro havia chegado, fui carregado para fora, embora tivesse resistido com toda a minha fraqueza e desnutrição. Mesmo assim, pude perceber a

A ILHA DO DOUTOR MOREAU

estranheza dos indivíduos que estavam com Montgomery na lancha, a qual foi bruscamente ejetada. Pude ver a água esverdeada sob mim, tentei empurrá-la com todas as minhas forças para evitar cair de cabeça. O sujeito que estava na direção da lancha começou a gritar. Montgomery revidou com algumas ofensas. Em seguida, o capitão, um colega e um dos marinheiros me escoltaram até a popa, na direção do convés.

Lá estava o que restou do *Lady Vain*, sendo rebocado. Estava inundado até a metade, não havia sinal dos remos e parecia desprovido de tudo. Recusei-me a entrar nele e atirei-me no convés. No entanto, fui jogado à força por uma corda (pois não havia escada na popa) que foi lançada e cortada. Comecei a flutuar, afastando-me da escuna. Em um momento de estupor, vi todas as mãos segurarem as cordas e a escuna navegar com os ventos. As velas se agitaram e abriram. Apenas observei. A escuna parecia um pouco eivada pelo tempo, com a lateral acentuadamente inclinada, mas logo sumiu do meu campo de visão.

Não virei a cabeça para acompanhá-la. A princípio, mal podia crer no que havia ocorrido. Agachei na carcaça da embarcação, consternado, observando, sem qualquer expressão, aquele mar cheio de óleo. Depois percebi que estava naquele cubículo infernal novamente, parcialmente inundado. Olhando por cima da borda, pude ver a escuna ao longe e os cabelos cor de fogo do capitão, próximo do balaústre, apontando e zombando de mim. Do outro lado, podia ver a plataforma de Montgomery, cada vez menor, em direção à praia.

De repente, a crueldade daquela situação era mais do que evidente. Eu não tinha meios de chegar em terra firme, a minha única sorte seria flutuar até lá. Eu ainda me sentia fraco, oco por dentro e zonzo, quanto azar. Com o passar das horas, cai em prantos, soluçava como não fazia desde criança. As lágrimas começaram a escorrer pelo meu rosto. Em um golpe de desespero, esmurrei a água dentro do barco e chutei a borda da embarcação com raiva. Eu rezava para que Deus me levasse logo.

OS BARQUEIROS DIABÓLICOS

No entanto, os ilhéus tiveram pena de me ver ali, à deriva. Inclinado e me aproximando da ilha, eu flutuava lentamente na direção Leste e, nesse momento, avistei, aliviado e ainda ofegante, a plataforma de Montgomery em minha direção. Ela estava toda equipada, e pude saltar assim que me aproximei de seu companheiro grisalho e robusto, o qual estava sentado, espremido junto aos cães e inúmeros pertences no convés. Ele me fitava sem se mover ou falar nada. Na proa, a criatura aleijada me encarava, próximo da puma. Havia outros três homens, estranhos e brutos, para os quais os cães rosnavam ferozmente. Montgomery, que estava no comando, trouxe a lancha até mim e, subindo, atou minha embarcação ao leme para me rebocar, pois não havia espaço para mim a bordo.

Nesse momento, havia me restabelecido da sensação de desespero e pude, então, acenar de volta a Montgomery assim que ele, com coragem, se aproximou. Disse a ele que minha embarcação estava quase toda inundada e que ele havia me trazido um alento. Fui empurrado para trás assim que a corda uniu os dois barcos. Por alguns instantes, me senti um verdadeiro fardo.

Assim que emergi da água (já que o barco estava sendo içado, e se movimentando como deveria) pude, mais uma vez, olhar para as

A Ilha do Doutor Moreau

pessoas dentro da lancha. O sujeito de cabelos esbranquiçados ainda me olhava, estático, mas, agora, com uma feição um pouco mais simpática, porém ainda aturdido. Quando nossos olhares se cruzaram, ele desviou a atenção para os cães, que estavam sentados entre suas pernas. Ele era um homem grande, como disse antes, com uma bela testa e traços varonis. No entanto, suas pálpebras eram estranhamente caídas, comum nos senis, e os cantos da boca conferiam a ele um ar beligerante. Ele conversava com Montgomery em voz baixa, de modo que eu não conseguia ouvir o que diziam.

Então, meus olhos passaram pelos três homens e pensei que aquela tripulação era, no mínimo, esquisita. Eu apenas via seus rostos, mas, ainda assim, havia algo neles que eu não conseguia decifrar e que me causava aversão. Olhava fixamente para eles, e aquela má impressão não passava, embora não tivesse conseguido adivinhar a causa daquele sentimento ruim. Eles pareciam pardos, mas suas costelas estavam enfaixadas em um pano branco fino e sujo que cobria até os dedos e os pés: nunca tinha visto homens e mulheres tão cobertos daquele jeito, exceto no Oriente. Mas, nesse caso, usavam turbantes e espiavam por entre aqueles panos com seus rostos frágeis. Eles tinham mandíbulas inferiores protuberantes e olhos brilhantes. Seus cabelos eram lisos, como os cabelos dos equinos, e escuros como a noite. Eles eram mais longos do que qualquer cabelo humano já visto.

O homem dos cabelos esbranquiçados, o qual devia ter pelo menos um metro e oitenta de altura, parecia o mais desenvolvido de todos; sentado, sua cabeça se sobressaía aos demais. Mais tarde, descobri que nenhum deles era maior do que eu, na verdade, mas seus membros eram atipicamente alongados e as coxas eram menores e curiosamente tortas.

De qualquer maneira, eles formavam uma gangue majestosamente feia. Por cima das cabeças e abaixo do vértice frontal do barco, eu observava o rosto da criatura cujos olhos brilhavam no escuro. De repente, ao olhar o bando todo, eles me encararam e, aos poucos, cada um desviou do meu olhar penetrante e, em vez disso, começaram a me espiar de maneira furtiva e enigmática. Pensei que pudesse os estar incomodando e preferi olhar em direção à ilhota que estava mais e mais próxima.

31

H. G. Wells

A ilhota era baixa e coberta por uma vegetação densa, uma espécie de palmeira, ao que me pareceu, uma vegetação abundante lá e que eu nunca tinha visto antes. Em dado momento, uma corrente de vapor subiu lentamente a uma altura indescritível e depois se desfez, como uma pena que tivesse sumido no ar. Estávamos abraçados pela enorme baía dos dois lados e por um grande cabo. A praia era coberta por uma areia acinzentada, a qual se aglutinava, formando uma subida íngreme que levava a um cume de dezoito a vinte metros acima do nível do mar e repleto de árvores e uma vegetação rasteira. A meia altura, havia uma abertura de formato quadrado, feita de pedra, que descobri, mais tarde, ter sido formada por corais e pedra-pomes. Dentro dessa abertura, pude ver dois telhados de palha e um homem nos esperando à beira da praia. Enquanto estávamos longe da costa, pensei ter visto duas daquelas criaturas grotescas passeando pelos arbustos da encosta, mas não os vi quando chegamos mais perto. O homem que nos esperava tinha estatura mediana e traços africanos. Tinha uma boca grande, quase sem lábios, braços extraordinariamente grandes, pés compridos e finos e pernas arqueadas. Ele nos observava com a cara fechada e estava vestido da mesma maneira que Montgomery e o outro colega, de jaqueta e calça de sarja azul. Quando nos aproximamos um pouco mais, o sujeito começou a correr para lá e para cá na praia, fazendo movimentos incomuns.

Após uma palavra de comando de Montgomery, os quatro homens se levantaram e, com gestos atípicos, pararam os vértices. Montgomery girou o timão e nos guiou para uma doca pequena escavada na praia. O homem que nos observava correu em nossa direção. Essa "doca", como a chamo, era na verdade um simples buraco suficientemente comprido feito para acolher a embarcação da maré típica daquela época do ano.

Ouvi a proa fixar-se na areia, afastei a minha embarcação do leme da lancha que me rebocou e, ao liberar ambas, aterramos. Os três grandalhões desajeitados pisaram em terra firme e prosseguiram com o desembarque das cargas, com o auxílio do sujeito que nos esperava. Eu estava perplexo com os movimentos das pernas dos três barqueiros enfaixados; não pareciam tensos, mas, de certa forma, tortos, como se tivessem sido remendados de maneira equivocada. Os cães não

A Ilha do Doutor Moreau

paravam de rosnar e puxavam as correntes na direção desses homens após o desembarque do que tinha cabelo grisalho. Os grandalhões começaram a conversar em um tom um tanto gutural com o sujeito que nos esperava na orla, o qual parecia bastante agitado. Enquanto desembarcavam alguns fardos do convés, percebi que falavam uma língua desconhecida. A voz soava familiar, mas não podia distinguir de quem era. O grisalho se levantou, tentando conter, com alguns comandos, o tumulto dos seis cães. Montgomery, que ainda não havia desembarcado o leme, pisou em terra firme e começou a ajudar com o descarregamento. Eu estava tão zonzo a essa altura, por conta do longo jejum e do sol na cabeça, que mal pude oferecer qualquer ajuda.

Nesse instante, o indivíduo grisalho se lembrou da minha presença e veio até mim.

– Você está com cara de quem mal se alimentou – disse. Seus olhos eram pequenos, escuros e brilhantes. – Desculpe-me por isso. Agora, você é o nosso hóspede e vamos deixá-lo confortável, embora não tenha sido propriamente convidado.

Ele olhou para o meu rosto de maneira ávida.

– Montgomery disse que você é um homem instruído, senhor Prendick. Disse que você conhece alguma coisa de ciência. Posso saber o que isso significa exatamente?

Respondi que havia passado algum tempo na Academia Real de Ciências e tinha feito algumas pesquisas no campo da Biologia sobre as teorias de T. H. Huxley[6]. Ele arqueou as sobrancelhas um bocado.

– Bem, isso muda um pouco a situação, senhor Prendick – disse ele, com um tom de respeito um pouco maior. – De fato, somos todos biólogos aqui. Este lugar é um tipo de estação de estudos biológicos, de alguma forma.

Seus olhos fitaram o sujeito de branco que estava importunando a puma com roletes, próximo das paredes do estaleiro.

– Pelo menos eu e Montgomery somos – acrescentou. – Não temos ideia de quando você conseguirá sair daqui. Estamos completamente

---

[6] Thomas Henry Huxley foi um cientista inglês, estudioso do darwinismo. (N.T.)

fora da rota para qualquer lugar. Vemos um barco ou outro a cada doze meses, e olhe lá.

Ele me deixou, de sopetão, e foi à praia, passou pelo grupo de homens e creio ter entrado no alojamento de pedra. Os outros dois homens estavam com Montgomery, carregando uma pilha de caixas em uma caminhoneta. A lhama ainda estava na plataforma, junto com as lebres, e os cães eram chicoteados enquanto arruaçavam. Quando a pilha de coisas foi descarregada em terra firme, os três homens agarraram-se à caminhoneta, que parecia pesar por volta de uma tonelada, e começaram a empurrá-la, provavelmente com o intuito de coletar a puma. Nesse momento, Montgomery os deixou e veio até mim, segurando as mãos.

– Estou contente – disse – por mim mesmo. O capitão é mesmo um babaca. A viagem com ele teria sido difícil.

– Foi você quem me salvou... – eu disse – de novo.

– Bem, depende. Aposto que você vai odiar esse inferno de ilha. Aliás, eu teria muito cuidado por aqui se fosse você. Ele... – hesitou por um momento e então mudou de assunto. – Você poderia me ajudar com as lebres? – perguntou.

Seu manuseio com as lebres era ímpar. Mergulhei com ele e o ajudei com o transporte dos animaizinhos até a praia. Mal chegamos à beira, ele abriu a gaiola e, balançando-a de um lado para o outro, liberou os animais na areia. Eles caíram uns sobre os outros em um único pulo. Montgomery bateu palmas e, então, uns quinze ou vinte exemplares saíram correndo (ou pulando), como lhes é típico, praia afora.

– Reproduzam e multipliquem-se, amigos – disse aos coelhos. – Povoem esta ilha. Falta carne por aqui.

Conforme os observávamos desaparecerem pela ilha, o sujeito grisalho voltou com um frasco de conhaque e alguns biscoitos.

– Combustível para você, Prendick – disse, em um tom muito mais empático do que anteriormente. Eu não falei nada, pus-me a comer os biscoitos enquanto ele ajudava Montgomery a liberar mais lebres. Três delas subiram à casa com a puma. Não toquei no conhaque: nasci e permaneço sóbrio.

A PORTA TRANCADA

Talvez meu leitor entenda que, de início, tudo sobre mim parecia evidentemente estranho, mas, em minha defesa, digo que apenas reagi àquela série de eventos inesperados, de modo que não tinha pleno discernimento da relativa bizarrice disso ou daquilo. Segui a lhama ao topo da praia e fui surpreendido por Montgomery, que pediu que eu não entrasse no alojamento de pedra. Percebi, então, que a puma, ainda dentro da jaula, e todos os pertences esperavam do lado de fora do recinto.

Dei meia-volta e notei que a lancha já estava vazia, do lado de fora, e sendo estacionada. O homem grisalho vinha em nossa direção. Ele endereçou Montgomery.

– Agora temos o problema desse convidado indesejado. O que faremos com ele?

– Ele tem algum conhecimento científico – respondeu Montgomery.

– Não vejo a hora de começar a trabalhar novamente com essa mercadoria nova – falou enquanto apontava com a cabeça em direção ao alojamento. Seus olhos cresceram.

– Eu imagino – disse Montgomery, com cordialidade.

– Não podemos deixá-lo lá, tampouco perder tempo construindo um novo abrigo para ele. Além disso, não podemos confiar nele tão cedo.

– Estou em suas mãos – repliquei. Eu não tinha qualquer ideia do que "lá" significava.

– Concordo – disse Montgomery.

– Temos a porta dos fundos no meu abrigo.

– Boa ideia – comentou o grisalho, olhando para Montgomery. Nós três subimos em direção ao alojamento. – Desculpe o mistério, senhor Prendick, lembre-se de que não foi convidado. O nosso pequeno estabelecimento guarda um segredo, é um tipo de laboratório de experimentos, na realidade. Não há nada assustador sobre ele para um homem são, mas, como não o conhecemos muito bem...

– Eu naturalmente seria um tolo se me ofendesse pela falta de confiança de vocês.

Ele esboçou um tênue sorriso, era um tipo melancólico que ria com os cantos da boca virados para baixo, então, curvou-se de leve em reconhecimento à minha complacência. Passamos pela entrada principal: um portão pesado de madeira, emoldurado em ferro e trancado. O descarregamento estava todo empilhado em frente ao portão e, no canto, havia uma porta que eu não tinha observado antes. O sujeito grisalho tirou um molho de chaves do bolso da jaqueta azul sebosa, abriu a porta e adentrou.

As chaves e a tranca elaborada me impressionaram, mesmo nas mãos dele. Eu o segui e me deparei com um pequeno apartamento, modestamente mobiliado, mas confortável. Havia uma porta em seu interior, a qual estava entreaberta e nos levava a um pátio. Montgomery logo a fechou. Havia uma rede de dormir pendurada na porção mais escura do alojamento e uma pequena janela sem lustro, protegida por uma barra de ferro, do lado de fora, de frente para o mar.

Segundo o grisalho, aquele seria o meu apartamento, e a porta interna servia para casos de "risco de acidentes", disse. Ele a trancou pelo outro lado, o que considerei como o meu limite interno. Então, apontou para uma espreguiçadeira e, em uma estante ao lado, sinalizou uma

A Ilha do Doutor Moreau

variedade de livros, sobretudo de cirurgias médicas, bem como edições de clássicos em latim e grego (como se eu pudesse ler qualquer um dos dois idiomas com qualquer conforto). Ele deixou o recinto pela porta que entramos, como se quisesse evitar ter de abrir a outra novamente.

– Geralmente fazemos as refeições aqui – disse Montgomery e, depois, como se estivesse hesitante, saiu em busca do outro sujeito. – Moreau! – gritou, e por um instante pensei que não havia notado. Depois, peguei alguns livros da estante e tive uma impressão de que já tinha ouvido aquele nome antes. Sentei de frente para a janela, apanhei alguns biscoitos que tinham sobrado e os comi com todo o apetite que me restava. Moreau...

Pela janela, eu via um incontável número de homens vestidos de branco, carregando malas pela praia. De repente, a moldura da janela os cobriu e pude ouvir uma chave sendo inserida na porta e girada, bem atrás de mim. Em seguida, ouvi o barulho dos cães através da porta trancada, provavelmente trazidos pela praia. Eles não estavam latindo, mas cheirando e rosnando de uma maneira peculiar. Eu conseguia ouvir o som de suas patas no chão e a voz de Montgomery tranquilizando-os.

Estava surpreso pelo apurado sigilo dos dois homens acerca do conteúdo trabalhado do local e, durante um bom tempo, fiquei remoendo a familiaridade do nome Moreau; mas a mente humana é tão complexa que eu não conseguia me lembrar qual era a ligação com o nome. Meus pensamentos, então, viajaram na singularidade indefinível daquele homem deformado que outrora nos esperava na orla da praia. Nunca tinha visto semelhante caminhar nem gestos tão incomuns enquanto ele puxava o carregamento. Recordei que nenhum deles havia se dirigido a mim, apesar de todos terem me olhado em algum momento, ainda que de maneira furtiva, diferentemente do olhar fixo daquele selvagem. De fato, todos eles pareciam curiosamente taciturnos e, quando falavam, entoavam vozes bizarras. O que haveria de errado com eles? Lembrei-me dos olhos do assistente chucro de Montgomery.

Foi pensar e o embuste apareceu. Ele estava vestido de branco e carregava uma pequena bandeja com café e vegetais cozidos. Mal pude esconder o asco assim que ele entrou, curvando-se amigavelmente, e depositou a bandeja sobre a minha mesa. Fiquei paralisado. Por trás dos cachos escuros e fibrosos, pude ver sua orelha; parecia que tinha pulado na minha frente. Elas eram pontudas e cobertas com uma fina pelagem marrom!

– Seu café da manhã, senhor – disse.

Apenas olhei para o seu rosto, sem respondê-lo. Ele se virou e caminhou em direção à porta, me entreolhando de maneira estranha por cima dos ombros. Eu o segui com os olhos e, à medida que o fiz, como um truque misterioso da mente inconsciente, lembrei: "Os tremores de Moreau". Não, não é isso. De repente, minha mente voltou dez anos atrás e a frase surgiu em minha mente, clara como a água: "Os terrores de Moreau!". É isso! A frase pairou em minha mente e, então, fechei os olhos e vi as letras vermelhas impressas em um pequeno panfleto cor de âmbar. Arrepiei de pavor quase instantaneamente. Minha mente acessou detalhes sobre o nome. A imagem vívida do panfleto não saía da minha cabeça. Eu era um moço à época e Moreau já tinha por volta de cinquenta anos. Era um habilidoso e ilustre psicólogo, bastante conhecido no meio científico por sua extraordinária imaginação e brutal franqueza.

Seria o mesmo Moreau? Ele havia publicado fatos surpreendentes sobre transfusão de sangue e, além disso, ficara famoso por seus experimentos mórbidos. Repentinamente, sua carreira foi encerrada e teve de deixar Londres. Um jornalista, então, teve acesso ao seu laboratório ao passar-se por assistente laboratorial com o intuito de divulgar imagens sensacionalistas dos experimentos do cientista, e, devido a um acidente terrível (se é que realmente o foi), seu panfleto foi largamente veiculado. Coincidentemente, no dia de sua publicação, um cão miserável, machucado e mutilado, escapou da casa de Moreau. Ocorreu durante o verão, época em que os noticiários publicam bobagens atrás de bobagens. Um editor afamado, primo do suposto "assistente laboratorial", atraiu a consciência moral da nação. Decerto, não era a primeira vez que os valores morais se opunham aos métodos de pesquisa. O doutor

A Ilha do Doutor Moreau

foi escorraçado do país. Talvez tenha merecido, mas até hoje acho que o apoio tépido dos seus colegas investigadores, bem como seu exílio da grande comunidade científica, foi lastimável. Ainda assim, muitos de seus experimentos, segundo o jornalista, eram irresponsavelmente cruéis. Ele poderia perfeitamente ter comprado sua própria paz social ao abandonar as investigações, o que particularmente creio ser o mais provável, e, sem dúvidas, o que muitos homens que já sucumbiram ao feitiço da pesquisa descomedida teriam feito. Afinal, ele era solteiro e tinha apenas a própria conveniência a considerar.

Eu estava convicto de que aquele era o mesmo homem. Tudo indicava que sim. Pensava sobre o que seria feito com a puma e os outros animais, que haviam sido levados juntamente com outros pertences para dentro do recinto de pedra. Enquanto isso, um odor sutil, como o hálito de algo familiar, que pairava no fundo do meu subconsciente, surgiu nos meus pensamentos. Era o odor antisséptico da sala de dissecação. Eu podia ouvir o som da puma rosnando quando um dos cães latiu, como se fora golpeado.

Mesmo assim, e principalmente para outro homem do meio científico, não havia nada tão assombroso na vivissecção[7] que justificasse todo aquele mistério. Subitamente, lembrei das orelhas pontudas e dos olhos brilhantes do assistente de Montgomery. Olhei para o mar esverdeado, espumando sob uma brisa fresca e, aos poucos, deixei essas e outras memórias do que ocorrera nos últimos dias tomarem conta da minha mente.

O que significava tudo aquilo? Um alojamento trancado em uma ilha distante, um praticante de vivissecção e homens aleijados e amorfos?

---

[7] Prática de experimentos em animais vivos. (N.T.)

O CHORO DA PUMA

Montgomery interrompeu o emaranhado de pensamentos e suspeitas em minha mente por volta de uma hora da tarde, junto de seu assistente grotesco que o seguia com uma bandeja nas mãos, na qual havia pães, ervas e outros alimentos, um frasco de uísque, uma jarra d'água, três copos e facas.

Fitei a criatura de soslaio e percebi que ele me olhava de maneira estranha, sem desviar. Montgomery disse que almoçaria comigo, mas que Moreau estava preocupado com um trabalho iminente.

– Moreau! – disse a ele. – Conheço esse nome.

– Nossa, é claro que conhece! – exclamou. – Que ingênuo fui em mencioná-lo a você! Eu deveria ter imaginado. De qualquer forma, você pode ter uma ideia dos mistérios da ilha. Quer uísque?

– Não, obrigado. Não bebo.

– Eu gostaria de não beber também. Mas não adianta fechar o celeiro depois que o cavalo fugiu, entende? Enfim, foi aquela coisa infernal que me trouxe para cá em uma noite de neblina. Considerava-me um homem de sorte na época que Moreau me ofereceu vir para cá. É estranho...

A Ilha do Doutor Moreau

– Montgomery – falei, e de repente a porta da frente se fechou –, por que seu assistente tem orelhas pontudas?

– Droga! – exclamou durante a primeira garfada de comida, olhou para mim por um momento e perguntou: – Orelhas pontudas?

– Pequenas pontinhas – eu disse, da maneira mais calma e eufêmica possível com direito a pausa para respiração. – E por que tem o pelo grosso e escuro ao lado das orelhas?

Ele virou o frasco de uísque e água sem a menor compostura.

– Eu tinha a impressão de que seus cabelos cobriam as orelhas.

– Apenas percebi quando ele se inclinou para servir-me o café. Também percebi que os olhos dele brilham no escuro.

Ao recuperar-se da minha pergunta inadvertida, Montgomery respondeu com a dicção que lhe era típica, ainda mais acentuada:

– Sempre pensei que havia algo de errado com as orelhas dele pela maneira como as escondia. Como são?

Era evidente que ele estava fingindo ignorância a respeito da criatura. Mas eu não podia dizer que ele estava mentindo e respondi:

– Pontudas, pequenas e peludas, bem peludas. Ele é, na verdade, uma das criaturas mais estranhas que já vi.

Então, ouvimos um gemido de dor, fino e rouco do âmago de algum animal. O som vinha do alojamento e, pela altura e profundeza, só podia ser da puma. Vi Montgomery estremecer.

– E então... – disse.

– Onde capturou a criatura?

– Em São Francisco. Ele é feio e bruto, confesso. Pouco perspicaz. Não me lembro exatamente de onde veio. Mas a verdade é que me acostumei a ele, e ele a mim. Por que ele te impressiona tanto?

– Ele não parece normal – respondi. – Há algo de errado com ele, não me julgue mal, mas tenho uma sensação ruim quando o vejo, meus músculos se retraem. É um quê de diabólico que não consigo explicar.

Montgomery havia parado de comer enquanto eu falava. E, de repente, disse:

41

– Rum! Acabou o rum – e continuou a refeição. Desembestou a falar enquanto mastigava: – Eu não fazia ideia disso. A tripulação da escuna deve ter sentido a mesma repulsa. Ridicularizaram o pobre. Viu o capitão?

Subitamente, a puma grunhiu profundamente de dor. Montgomery pareceu blasfemar em voz baixa. Enquanto isso, eu estava em dúvida se o colocava ou não contra a parede para que me falasse sobre o sujeito que nos esperava na praia. De repente, a infeliz puma começou a urrar de dor.

– E... os homens nos esperando na praia... – comecei – qual é a raça deles?

– Sensacionais, não são? – respondeu, completamente aéreo enquanto entortava as sobrancelhas a cada murmúrio de dor do animal.

Nesse momento, preferi calar-me. Ouvimos outro grunhido, pior do que o anterior. Aqueles olhos acinzentados e sem muita expressão olharam para mim e, depois, ele virou mais um gole generoso de uísque. Tentou reiniciar a conversa sobre álcool, dizendo ter salvado a minha vida com a substância. Ele parecia nervoso, enfatizando que eu devia minha vida a ele. Respondi sem prestar muita atenção.

Terminamos de comer e a aberração das orelhas pontudas limpou a mesa. Montgomery deixou o recinto, onde fiquei sozinho de novo. Ele parecia constantemente irritado com o alarido provocado pela provável vivissecção da puma. Comentou algo sobre sua estranha falta de coragem e me deixou sozinho, pensando a respeito.

Os uivos de dor começaram a me importunar, e eles cresciam em profundeza e intensidade no decorrer da tarde. No início, ouvi-los me machucava tanto quanto machucava a puma, mas a constância dos gemidos de dor começou a me tirar do sério. Deixei de lado a leitura sobre Horácio e comecei a empunhar as mãos, morder os lábios e andar para lá e para cá. Em certo momento, tampar os ouvidos com os meus dedos parecia a única solução plausível.

O apelo emocional daqueles clamores de sofrimento tomou conta de mim aos poucos, a ponto de não conseguir mais manter-me confinado

A Ilha do Doutor Moreau

naquele quarto. Saí pela porta da frente e senti o bafo quente daquele fim de tarde. Ao passar pela entrada principal do recinto de pedra, que continuava fechada, me embrenhei próximo ao canto.

O choro era ainda mais alto do lado de fora do quarto. Parecia que toda a dor do mundo ecoava por meio da voz da puma. Eu teria resistido se soubesse que toda a dor do mundo estava abafada naquele quarto. No entanto, quando o sofrimento e a dor encontram vazão, a pena nos toma o controle e os nossos nervos ficam inevitavelmente abalados. Embora o raiar do dia estivesse lindo e as copas das árvores bailassem no ritmo da suave brisa do mar, o mundo parecia uma confusão, repleto de fantasmas que vagavam. Quando me dei conta, eu estava longe demais para ser ouvido em um lugar em que as paredes eram xadrezes.

A CRIATURA NA FLORESTA

Caminhei pela vegetação rasteira que forrava o topo atrás da casa sem muita noção de onde aquele caminho me levaria. Mais à frente, passei pela sombra de algumas árvores compridas e retilíneas e, nesse momento, dei-me conta de que estava do outro lado da ilha, descendo em direção a um córrego que banhava um vale estreito. Parei e acionei meus ouvidos. A distância que eu havia chegado, o denso matagal bloqueava qualquer som do alojamento. Tudo parecia calmo, exceto pelo ruído de um coelho que subia a colina à frente. Hesitei e sentei-me à beira, embaixo de uma sombra.

O lugar era bastante agradável. O riacho estava encoberto pela mesma vegetação exuberante da margem, exceto em um trecho triangular, onde coletei um bocado da sua água cintilante. Do outro lado, vi, em meio a uma bruma azulada, um emaranhado de árvores e trepadeiras, e acima delas o brilho do céu azul. Aqui e acolá, via-se uma explosão de branco e púrpura pelo caminho, resultado do florescimento de algumas plantas epífitas. Deixei meus olhos passearem pela paisagem por um instante, quando fui bombardeado com pensamentos sobre a estranheza do assistente de Montgomery. Mas estava abafado demais para raciocinar e, então, mergulhei em um estado de tranquilidade, entre o sono e a vigília.

Não sei ao certo quanto tempo permaneci ali, até que acordei com um sussurro que vinha do mato, do outro lado do riacho. Não conseguia ver nada além do monte de samambaias e pés de cana dançantes. De repente, algo apareceu às margens do rio. De início, não consegui distinguir o que era. A coisa curvou a cabeça e começou a beber água. Após alguma observação, percebi que era um homem, andando em quatro patas, como uma besta. Ele usava uma roupa azulada, tinha a pele acobreada e os cabelos negros. Parecia que a feiura grotesca era uma característica invariável que os ilhéus todos compartilhavam. De longe, podia ouvi-lo sugar a água com os lábios.

Inclinei-me para a frente para vê-lo melhor, e uma pedra deslizou pelo morro. Ele olhou para o alto com uma expressão de culpa e seus olhos encontraram os meus. Em seguida, ficou em pé e me encarou enquanto limpava a boca com as mãos desajeitadas. Suas pernas não chegavam a ser metade do seu corpo. Então, permanecemos pouco menos de um minuto em observação mútua. Entre uma olhada ou outra para trás, ele chafurdou no meio dos arbustos em minha direção. Eu ouvia o ruído dos frondes aumentar e, então, desaparecer. Permaneci sentado, olhando em sua direção. A minha tranquilidade lânguida se esvaiu inteiramente naquele momento.

Fui surpreendido por um barulho atrás de mim e, ao virar-me, vi o rabo de cor branca de um coelho balançar e sumir no morro. Levantei em um pulo só. A aparição daquela figura bizarra, metade besta, metade homem, acabou com a minha paz. Olhei em volta, bastante abalado, e me arrependi por estar sem qualquer arma. Depois, dei-me conta de que a criatura vestia roupas azuis e não estava nua como um animal selvagem, portanto, tentei convencer-me de que ela era pacífica, de que seu semblante abobalhado contradizia qualquer instinto feroz.

Mas a verdade é que eu estava perturbado com a aparição. Andei para o lado esquerdo ao longo do declive observando os arredores, aqui e ali, em meio aos troncos das árvores. Por que um homem andaria em quatro patas e beberia água de um rio sem a ajuda das mãos? Ouvi um animal gemendo de dor novamente. Imaginando que fosse a puma, dei meia-volta e comecei a andar na direção diametralmente contrária àquele som, o que me levou ao riacho. Atravessei-o e caminhei pela vegetação rasteira, morro acima.

Fiquei maravilhado com um grande trecho de cor escarlate bastante chamativo e, ao subir por ele, avistei um fungo peculiar, ondulado e ramificado, como se fosse um líquen cheio de folhas, que se assemelhava a um tipo de gosma ao toque. Depois, sob a sombra das exuberantes trepadeiras, me deparei com algo desagradável: o cadáver de um coelho cuja cabeça fora arrancada, o qual parecia ainda estar quente e repleto de moscas que brilhavam. Parei, estarrecido pela imagem do pobre coelho. Era o primeiro visitante da ilha eliminado. No entanto, não havia rastros de outro tipo de violência. Parecia que havia sido capturado e morto, e, conforme eu observava o pequeno corpo peludo, tentava entender como aquilo havia sido feito, dada a complexidade do corte. Aquele vago temor, o qual não me deixava em paz desde que vira a face da criatura à margem do riacho, começou a crescer e se intensificar em mim. Comecei a pensar sobre a minha audaciosa expedição em meio àquela gente desconhecida. Agora, o matagal me apavorava. Cada sombra parecia mais do que sombra, uma armadilha, e cada ruído parecia uma ameaça. Eu me sentia observado por coisas invisíveis. Resolvi voltar ao meu quarto, na praia. De repente, me meti matagal adentro, violenta e desenfreadamente, aflito para encontrar o fim da mata densa e voltar ao alojamento de novo.

Parei a tempo de impedir que fosse visto em um local descampado. Havia uma clareira na floresta devido a um desmoronamento; mudas cresciam em meio ao espaço aberto e, além delas, havia um denso crescimento de troncos e cipós geminados, bem como a eclosão de fungos e flores. Logo em frente, em meio aos resquícios apodrecidos de uma grande árvore ao chão, estavam aglomerados três grotescos humanoides, de cócoras e sem notar minha presença. Uma das figuras era claramente uma fêmea e os outros dois eram machos. Eles estavam nus, exceto pela faixa de tecido escarlate na altura mediana do tronco. A pele tinha um tom rosado, como nunca vira antes. Eles possuíam rostos redondos e grandes, sem sinal de queixo. Suas testas eram protuberantes e os escassos cabelos eram arrepiados em cima da cabeça. Nunca tinha me deparado com criaturas tão bestiais.

Estavam conversando; pelo menos um deles se dirigia aos outros dois, os quais pareciam demonstrar bastante interesse, de modo que nenhuma das criaturas pôde ouvir os ruídos que eu havia feito. Eles balançavam as cabeças e os ombros para os dois lados. O discurso do interlocutor parecia denso e coloquial e, apesar de ouvi-los bem, não conseguia distinguir uma palavra. Ele parecia recitar termos incompreensíveis. A articulação das palavras tornou-se mais aguda e ele levantou com as mãos abertas. Como reação, os outros dois também se levantaram e começaram a conversar entre si, esticando as mãos e balançando os corpos no ritmo de um tipo de cântico. Notei, nesse momento, quão anomalamente reduzidas eram suas pernas e como seus pés eram magros e tortos. Os três começaram a andar em círculos enquanto levantavam e batiam os pés no chão e balançavam os braços. Eles entoavam uma cantiga rítmica com o refrão "Aloola" ou "Baloola", ao que me pareceu. Seus olhos brilhavam, iluminando seus rostos feios, e eles demonstravam um tipo perverso de prazer. A salivação era tão profusa que mal podiam contê-la com seus diminutos lábios.

Subitamente, conforme observava seus gestos grotescos e inexplicáveis, constatei o que me incomodava tanto e causava aquelas impressões outrora inconsistentes e conflitantes de absoluta estranheza e familiaridade. Eles iniciaram um ritual misterioso, que parecia humano, mas que me remetia a outro animal. Embora tivessem uma aparência humana rudimentar e vestissem farrapos, seus movimentos, semblantes e presença, como um todo, sugeriam alguma familiaridade com os suínos, um traço porcino, marca inconfundível da besta!

Fiquei atônito com tamanha epifania, a qual deu vazão aos mais horrendos questionamentos em minha mente. Enquanto isso, eles pulavam, um após o outro, gritando e grunhindo. De repente, um deles escorregou e caiu com as quatro patas no chão, levantando-se mais adiante. Mas a alegria transitória daquelas criaturas animalescas lhes bastava.

Virei-me de costas da maneira mais silenciosa quanto pude em meio aos espasmos de susto toda vez que um galho quebrava ou uma folha se mexia. Tardei a movimentar-me de maneira mais livre e com um pouco mais de coragem. O meu único pensamento era o de fugir daqueles seres imundos, tanto que mal pude notar que havia entrado em uma trilha em meio às árvores. De repente, atravessando a clareira, tive o desprazer de avistar duas pernas desajeitadas pela floresta, caminhando em silêncio, a uns vinte e cinco metros de mim.

A cabeça e a parte superior do tronco estavam escondidas por uma vegetação baixa. Parei abruptamente, com a esperança de não ter sido visto. Os pés da criatura pararam junto com os meus. Eu estava tão tenso que mal pude controlar um impulso precipitado. Depois, analisando com mais calma, distingui, em meio ao entrelaçado de plantas, a cabeça e o corpo do ser que outrora saciava a sede no riacho. Ele moveu a cabeça. Quando olhou em minha direção, da sombra das árvores, seus olhos brilhavam como esmeraldas, um brilho ligeiramente gasto que se esvaiu assim que virou a cabeça para o outro lado. Ele permaneceu estático por um instante, e depois, com passos silenciosos, começou a correr pelo matagal. Então, desapareceu atrás dos arbustos. Não pude vê-lo, mas sentia que me observava.

Que diabos era? Homem ou besta? O que queria de mim? Eu não tinha nenhuma arma, nem mesmo um galho. Correr seria loucura. De qualquer forma, a Coisa, seja lá o que fosse, não teve coragem de atacar. Cerrei os dentes e caminhei em direção a ele. Eu estava tenso, tentando não transparecer medo. Afastei um arbusto repleto de flores brancas e o vi vinte passos à frente, hesitante, olhando por cima do ombro para mim. Aproximei-me um ou dois passos, olhando em seus olhos.

– Quem é você? – perguntei.

Ele tentou olhar em meus olhos.

– Não! – gritou subitamente, afastando-se, mata adentro. Depois, virou e olhou para mim novamente. Seus olhos brilhavam no entardecer, por entre as árvores.

Meu coração estava na boca, mas senti que minha única chance era blefar e caminhei em sua direção. Ele virou novamente e desapareceu no lusco-fusco daquela tarde. Mais uma vez, vi o brilho daqueles olhos e nada mais.

Pela primeira vez, percebi como o entardecer me afetava. O Sol havia se posto há alguns minutos, o entardecer dos trópicos se esvaía ao Leste e uma mariposa sobrevoava a minha cabeça. A menos que fosse dormir em meio aos perigos da floresta misteriosa, teria de me apressar para o alojamento. O fato de ter de voltar ao recinto tampouco me agradava, mas ainda parecia melhor do que passar a noite ao relento com tudo o que a escuridão nos oculta. Olhei mais uma vez para o azul do céu que engoliu aquela criatura e refiz o caminho de volta às margens do riacho, retornando, a meu ver, na direção pela qual havia chegado.

Caminhei avidamente, minha mente estava confusa e me deparei em um lugar mais alto em meio a um aglomerado de árvores. A claridade após o pôr do sol diminuía, o céu parecia mais profundo e as estrelas, uma a uma, emanavam uma tênue luz. Os espaços entre as árvores e os vãos na mata à frente, que antes tinham um tom de azul esfumado, tornaram-se negros e macabros. Continuei minha caminhada. O mundo parecia uma imensa ausência de cores.

As copas das árvores cobriam o céu luminoso, formando uma silhueta de nanquim, e tudo o que se encontrava abaixo parecia uma única obscuridade disforme. As árvores eram mais finas e os arbustos eram mais abundantes. Pude ver um espaço isolado coberto de areia branca e mais um emaranhado de arbustos. Achei bonito à primeira vista, pois tudo era muito silencioso, exceto a brisa noturna nas copas. Depois, quando me virei para continuar meu caminho, ouvi o som produzido pelos meus próprios passos.

Afastei-me dos arbustos, e preferi caminhar sem muitos obstáculos em uma área mais descampada, virando subitamente aqui e ali de susto. Não via absolutamente nada, mas a sensação de ser observado se intensificou. Apertei o passo e me deparei com um morro, o qual cruzei e desci bem rápido, observando atentamente o outro lado. Nesse instante, algo preto e rasante desceu pelo céu; a coisa não tinha formato nenhum, agitou-se e desapareceu. Eu tive duas certezas: a de que a minha tez amarelada havia me denunciado novamente e a de que estava perdido.

Por um tempo, me apressei, atônito e desconsolado, certo de manter a mesma abordagem furtiva. Fosse o que fosse, a Coisa não tinha coragem de me atacar ou então estaria esperando um momento de maior vulnerabilidade. Mantive a minha estratégia. Em alguns momentos, me virava e apenas ouvia, mas, em dado momento, já estava convencido de que a criatura tinha abandonado a perseguição, ou então era uma criação da minha mente perturbada. Ouvi o som do mar e, no mesmo instante, ouvi um barulho, como de um tropeço, atrás de mim.

Virei-me repentinamente e olhei em direção às árvores obscuras. As sombras pareciam se justapor, umas sobre as outras. Imóvel, eu não ouvia nada além do sangue passando correndo pelas minhas orelhas. Senti que não tinha o controle dos meus próprios nervos e que minha imaginação me pregava peças. Então, virei-me decididamente em direção aos sons que vinham da praia.

Pouco tempo depois, as árvores tornaram-se escassas e comecei a correr em meio ao promontório, em águas sombrias. A noite era calma e clara, e a imensidão de estrelas no céu produzia um reflexo agitado nas águas do mar. De alguma maneira, a correnteza que passava sobre um trecho do recife emanou um brilho característico. Na direção Oeste, eu via a luz das constelações do zodíaco minguando aos poucos e produzindo uma luz amarela e crepuscular. A costa se afastava a Leste, e a Oeste se escondia atrás do promontório. De repente, me lembrei de que a praia de Moreau ficava a Oeste.

Subitamente, um galho me estapeou nas costas e um ruído reverberou. Virei-me e cravei os olhos na direção das árvores. Eu não via nada, ou talvez via demais. Cada forma obscura no breu parecia ameaçadora, como uma recomendação da necessidade de vigilância redobrada. Naquela posição, permaneci por pouco mais de um minuto e depois, ainda inspecionando as árvores, me virei na direção Oeste com o intuito de atravessar o promontório e, à medida que dei meu primeiro passo, uma sombra à espreita se moveu em minha direção.

A Ilha do Doutor Moreau

Meu coração acelerou. A Oeste, a larga baía se mostrava, então, parei novamente. Em seguida, a sombra silenciosa parou a aproximadamente dez metros de mim. Um pequeno feixe de luz cintilou na curva, mais à frente, e pude ver os primeiros resquícios da areia acinzentada da praia. O ponto de luz brilhava a pouco mais de três quilômetros de mim. Para chegar à praia, eu teria inevitavelmente de passar pelo trecho de onde a sombra misteriosa me espreitava e, depois, descer um morro repleto de arbustos. Eu via a Coisa com mais clareza agora. Não era um animal, pois estava sobre os dois pés, ereto. Abri a boca para falar e fui acometido por uma rouquidão provocada por um pequeno muco preso à garganta. Tentei falar novamente e, então, acentuei o tom um pouco mais do que pretendia:

– Quem está aí? – perguntei, sem obter qualquer resposta.

Dei um passo à frente. A Coisa não se mexeu, apenas encolheu-se um pouco. Chutei uma pedra sem querer, o que me deu uma ideia: sem desviar meus olhos da sombra, abaixei e peguei a pedra, mas, com o meu movimento, ela virou abruptamente, como um cão teria feito, e, inclinada, adentrou a escuridão. Em seguida, recordei-me de um menino sendo encarado por cães enormes. Torci meu lenço ao redor da pedra e girei o pulso. Ouvi um barulho em meio à escuridão, como se a Coisa estivesse recuando.

De repente, a tensão foi embora e comecei a transpirar e tremer mais do que o normal, com meu adversário alinhavado em minha direção e uma arma nas mãos.

Demorei para tomar a decisão de descer pelo meio das árvores e dos arbustos até a praia. Ao final, o caminhar se transformou em maratona e, conforme emergi do matagal à beira da praia, ouvi outro corpo vir atrás de mim. Apavorei-me e corri pela praia no mesmo compasso de quem estava na retaguarda. Berrei de maneira feroz e diminuí o intervalo entre meus passos. No caminho, três ou quatro sombras maiores do que coelhos passaram por mim apressadas em direção aos arbustos.

Lembrarei daquela perseguição até o último dia da minha vida. Eu corria às margens da praia e ouvia a explosão de água produzida pelos passos da Coisa no meu encalço. Ao longe, inatingivelmente longe, eu via uma luz amarela em meio à noite escura e densa. Os passos se aproximavam de mim enquanto meu fôlego se esvaía devido ao meu vergonhoso condicionamento físico. Minha inspiração era acompanhada por um ruído até que senti uma dor aguda, como se fosse uma facada, na lateral. Percebi que a Coisa continuaria a perseguição até onde eu fosse e, desesperado e ofegante, me virei de costas e o ataquei com toda a força, assim que me alcançou. Com isso, a pedra saiu do meu lenço. Quando me virei, a Coisa, que até ali vinha correndo de quatro, estava em pé, e a pedra atingiu sua têmpora esquerda. O crânio soou alto; o homem-bicho veio tropeçando em minha direção, me empurrou e, cambaleando, passou por mim e caiu de cabeça na areia, com o rosto na água; e lá ficou.

Eu não conseguia me aproximar do que quer que fosse aquilo. Deixei-o lá, com a espuma das ondas, sob a luz das estrelas, estáticas, e, me afastando, corri em direção à luz amarela da casa, sentindo-me aliviado. No caminho, porém, voltei a ouvir os gemidos da puma, o que inicialmente havia me motivado a explorar a ilha.

Estava farto e exausto. No entanto, fiz toda a força possível para conseguir correr novamente e chegar à luz amarela. Nesse momento, pensei ter ouvido uma voz chamar meu nome.

UM HOMEM EM PRANTOS

Conforme me aproximei da casa, vi a luz brilhar de dentro do meu quarto, cuja porta de entrada estava aberta; em seguida, ouvi a voz de Montgomery vindo ao lado do feixe oblongo de luz laranja:

– Prendick!

Continuei correndo. Respondi:

– Olá! – tendo alcançado-o, ainda cambaleante devido à corrida.

– Onde você estava? – perguntou, segurando em meu braço de modo que a luz do quarto iluminava meu rosto. Enquanto me guiava para dentro do cômodo, ele disse:

– Estávamos tão ocupados que apenas nos lembramos de você há pouco mais de meia hora.

Nesse momento, ele havia me encaminhado em direção à cadeira e me auxiliado a sentar. Por alguns instantes, a luz do quarto me cegou. Montgomery continuou:

– Não pensamos que você resolveria explorar a ilha sem nos avisar... – disse – ... eu estava receoso, mas, enfim, olá!

Meu último rompante de força evaporou naquele instante e minha cabeça caiu para frente. Montgomery certamente sentiu satisfação em me reanimar com conhaque.

– Pelo amor de Deus – eu disse –, feche a porta.

– Parece que você já conheceu algumas das nossas excentricidades, não é? – disse.

Em seguida, fechou a porta e me encarou novamente. Não fez qualquer pergunta, mas me ofereceu um pouco mais de água e conhaque e me pressionou para que eu comesse algo. Eu estava em estado de choque. Ele disse algo sobre ter se esquecido de me alertar e perguntou que horas eu havia saído e o que tinha visto.

Eu respondi suas perguntas de maneira concisa e fragmentada.

– Me diga o que tudo isso significa – falei, beirando a histeria.

– Não é nada tão tenebroso – disse. – Mas creio que você viu demais para um único dia – concluiu. Nesse momento, a puma grunhiu de dor. Montgomery xingou em voz baixa. – Eu estou amaldiçoado. Esse lugar é pior do que a Rua Gower e seus gatos.

– Montgomery – falei –, o que era aquilo que me perseguiu, homem ou besta?

– Se não dormir decentemente esta noite, amanhã estará completamente atordoado.

Levantei-me na sua frente e perguntei, com medo da resposta:

– O que era aquilo atrás de mim?

Ele olhou nos meus olhos e entortou os lábios. Seu olhar, antes agitado, caiu.

– Pela sua descrição, creio que fosse um gnomo.

Senti um acesso de raiva, que passou rapidamente. Atirei-me na cadeira e coloquei as mãos na testa. A puma voltou a gemer de dor.

Montgomery repousou a mão em meu ombro.

– Olhe aqui, Prendick, eu nunca tive interesse nenhum em metê-lo nessa fria. Mas não é tão horrível quanto parece. Seus nervos estão à flor da pele. Vou lhe dar um calmante para que consiga dormir. Esse barulho vai tardar a cessar. Você precisa dormir ou não me responsabilizo.

A Ilha do Doutor Moreau

Sequer respondi. Apenas debrucei-me e cobri o rosto com as mãos. De repente, ele me deu um frasco com um líquido escuro, o qual ingeri sem resistir, e então me ajudou a deitar na rede.

Quando acordei, o dia acabara de raiar. Por alguns instantes, permaneci deitado, observando o teto acima de mim. As vigas eram provenientes de alguma embarcação. Virei-me e vi uma refeição aparentemente fresca sobre a mesa. Instantaneamente, meu estômago reclamou de fome e me preparei para sair da rede, a qual pareceu ter captado o meu desejo de retirada e virou, me depositando no chão como um animal, com os pés e as mãos para baixo.

Levantei-me e sentei novamente, encarando aquele prato de comida. Minha cabeça parecia pesada e eu mal me lembrava do que acontecera na noite anterior. A brisa do dia que pairava através da janela sem vidros e o alimento me traziam o conforto quase animal daquela experiência. De repente, a porta interna que dava para o pátio se abriu. Virei-me e vi o rosto de Montgomery.

– Certo, estou ocupado e a situação não é agradável – disse ele, trancando a porta.

Mais tarde, percebi que se esquecera de trancá-la. Lembrei-me do rosto dele na noite anterior e então o turbilhão de memórias saturou minha mente. Até mesmo o medo que eu havia sentido voltou com toda a intensidade, juntamente com os gemidos da puma. Repousei a garfada de comida sobre o prato e ouvi atentamente. Agora, o silêncio era o protagonista, exceto pelos sussurros da gentil brisa da manhã. Pensei ter sido iludido pelos meus próprios ouvidos.

Após uma longa pausa, dei cabo à refeição, mas com as orelhas em total vigilância. Nesse momento, ouvi um ruído vagaroso e sutil. Congelei. Apesar da sua natureza vagarosa e sutil, me assustou mais do que tudo o que eu ouvira na noite anterior. Eu não tinha dúvidas da fonte, pela qualidade dos soluços e ofegos de desespero. Não era a Coisa agora, mas um humano aflito!

H. G. Wells

Assim que me dei conta, levantei-me e em três passos largos atravessei o quarto, agarrei a maçaneta da porta interna que dava acesso ao pátio e a abri.

– Prendick, homem! Pare! – interveio Montgomery.

O rosnado de um lobo escocês ecoou pelo pátio. Havia manchas de sangue, de cor marrom e escarlate, na pia e um cheiro peculiar de ácido carbólico. Mais ao fundo, em uma porta aberta e à meia-luz, vi um animal, como se estivesse preso sobre uma estrutura; estava apavorado, vermelho e enfaixado. Secando tudo aquilo estava Moreau, pálido e com um ar aterrorizante. Em dado momento, ele me pegou pelo ombro com a mão ensanguentada, me virou e me empurrou para dentro do quarto agressivamente. Ele me carregou como se eu fosse um infante. Caí ao chão e a porta bateu com violência na minha frente. Ouvi a chave na fechadura e a voz de Montgomery de fundo em protesto.

– Você quer arruinar o trabalho de uma vida inteira – gritou Moreau.

– Ele não entende – disse Montgomery. Falou algo mais que não pude compreender.

– Eu não posso perder tempo – disse Moreau.

E não entendi mais nada do que foi dito. Levantei do chão ainda tremendo. Minha mente estava um caos com um turbilhão de preocupações. Seria possível que estivessem fazendo a vivissecção de um homem? A pergunta irrompeu como um raio em uma tempestade. De repente, aquela nébula de terror pareceu uma ameaça à minha própria integridade.

À CAÇA DE UM HUMANO

De repente, uma esperança insensata de fuga pela porta de entrada passou pela minha mente. Eu estava convencido, absolutamente convencido, de que Moreau estava fazendo uma vivissecção humana. Desde que ouvira seu nome, eu tentava estabelecer uma conexão entre o animalismo grotesco dos ilhéus e as aberrações criadas por ele e, nesse instante, pensei ter visto tudo. A memória de seu trabalho sobre transfusão de sangue voltou a me atormentar. As criaturas que eu havia visto eram infelizes vítimas dos seus experimentos. Os canalhas fingiram que queriam me manter longe daqui e me enganaram com uma falsa demonstração de confiança. O meu prognóstico parecia pior do que a própria morte: a tortura. Essa, definitivamente, é a mais horrenda degradação concebível. Eu me tornaria uma alma perdida pelo resto dos meus dias, fadado a viver como uma besta naquela horda de Comus[8].

Olhei em volta, à procura de uma arma. Nada. Depois, como uma inspiração, decidi virar a cadeira ao contrário e desmembrar o trilho com o pé. Um prego veio cravado junto à madeira, o que tornou a arma

---

[8] Segundo a mitologia grega, Comus é filho dos deuses Baco e Circe, a qual transformava humanos em animais. (N.T.)

aparentemente inútil em algo um pouco mais promissor. Ouvi passos na área externa e, sem conseguir conter-me, abri a porta com tudo, flagrando Montgomery a poucos metros de mim. Ele queria trancar a porta interna! Levantei o pedaço de madeira e mirei em direção ao seu rosto; mas ele recuou. Hesitei, então, me virei e corri para o canto da casa.

– Prendick – gritou –, não seja idiota.

Mais um minuto, pensei, e ele teria me trancado. Eu estaria pronto para passar a minha vida confinado como um coelho naquele quarto. Ele apareceu atrás de mim, de acordo com a direção de seu grito:

– Prendick, apareça!

Em seguida, disparou atrás de mim, berrando. Dessa vez, ao correr sem enxergar qualquer coisa, segui pela direção Nordeste, no sentido precisamente contrário à minha desventurança anterior. Enquanto corria na direção da praia, olhei por cima do ombro e percebi que seu assistente o acompanhava. Corri furiosamente morro acima e depois virei a Leste, passando por um desfiladeiro rochoso coberto por cipós. Corri por quase dois quilômetros. Meus pulmões estavam a todo vapor e eu ouvia meu coração descontrolado. Eu não escutava mais Montgomery e seu assistente e, quase no limite da exaustão, voltei à praia e me escondi em um monte de bambus. Permaneci lá por muito tempo, amedrontado demais para me mover ou pensar em um plano. Dormi lá silenciosamente até o nascer do dia seguinte. O único som próximo de mim vinha dos mosquitos que haviam me descoberto, além do quebrar das ondas na costa que me davam sono.

Depois de aproximadamente uma hora, ouvi Montgomery gritar meu nome, na direção Norte. Comecei então a planejar o que faria. Segundo minhas interpretações, a ilha era habitada apenas pelos dois praticantes de vivissecção e suas vítimas animalescas, que viriam à minha procura caso necessário. Eu sabia que Moreau e Montgomery andavam armados e, exceto por um pedaço de pau com um prego na ponta, um arremedo de clave, eu estava desarmado.

Então, permaneci lá, imóvel, até que a fome e a sede me importunaram. No entanto, o infortúnio da minha posição me perseguiu. Eu não imaginava como conseguiria algo para comer. Eu desconhecia botânica

A Ilha do Doutor Moreau

para saber que tipo de raiz ou fruta poderia ingerir e não tinha meios de capturar qualquer coelho. Estava ficando cada vez mais desesperançoso à medida que pensava sobre as minhas perspectivas de alimentação. Em um momento de desalento, minha mente passou a considerar as bestas como fonte de nutrição. Comecei a pensar sobre cada criatura e qual seria meu prognóstico.

Subitamente, ouvi um lobo ladrar e então detectei um novo perigo. Não demorei muito para pensar em uma estratégia, senão teriam me encontrado, mas empunhando a minha arma, corri na direção do som do oceano. Lembro dos espinhos de algumas plantas selvagens que perfuravam a minha carne como se fossem canivetes. Levantei-me, sangrando, com as roupas esburacadas, e corri pelas margens de um longo rio que corria naquela direção. Entrei diretamente na água sem qualquer hesitação, percorrendo o rio com dificuldade, com água pelos joelhos. Saí do rio pela margem Oeste e, com o coração acelerado, rastejei por um emaranhado de trepadeiras, e então esperei. Ouvi o cão se aproximar (apenas um) e gemer quando passou pelos espinhos. Depois, não ouvi mais nada. Achei que havia me safado.

Os minutos se passaram, o silêncio se instalou, e finalmente, após uma hora em segurança, voltei a ter coragem. Eu já não me sentia tão aterrorizado ou pesaroso. Eu havia passado dessa fase de terror e desespero. Senti que não tinha mais qualquer perspectiva de vida e que a persuasão me tornara audacioso. Cheguei a desejar um encontro com Moreau, cara a cara, e como havia entrado no rio, lembrei que, se fosse torturado, poderia escapar de tal tormento ao deliberadamente afogar-me; nesse caso, eles não conseguiriam impedir. Metade de mim pendia pelo afogamento, mas a outra metade, estranhamente ávida em saber onde aquilo tudo daria, me impedia de imergir e acabar com o sofrimento de uma vez por todas. Estiquei-me dolorosamente devido às perfurações dos espinhos e olhei para as árvores ao meu redor. De repente, de maneira que pareceu pular de tão evidente, vi um rosto escuro me observar. Era a criatura símia que nos esperava na costa assim que desembarcamos. Estava pendurada no alto de uma palmeira cujo tronco estava inclinado para baixo. Empunhei minha arma e levantei, encarando-a. Ela começou a repetir "Você, você,

você". Isso era tudo o que eu conseguia distinguir. De repente, ela desceu da árvore e afastou as frondes para me enxergar melhor.

Não senti a mesma repulsa de antes. A criatura disse:

– Você, no barco – concluiu. Era um homem, tanto quanto o assistente de Montgomery, portanto, era capaz de falar.

– Sim, eu disse. – Estava no barco. Fui expulso do navio.

– Ah! – disse com um tom de surpresa enquanto seus olhos brilhavam e, sem piscar, passeavam por mim. Ele observava as minhas mãos, meu projeto de arma, meus pés, meu casaco e até os buracos feitos pelos espinhos das plantas. Parecia intrigado e voltou a observar as minhas mãos. Então, levantou a palma da mão e começou a contar os dedos: – Um, dois, três, quatro, cinco... oito?

Não pude compreender o que ele quis dizer. Mais tarde, me dei conta de que a maioria dos homens-bestas tinham mãos deformadas, com até três dedos a menos. Mas, imaginando que ele estava fazendo uma saudação, acenei de volta. Ele sorriu com grande satisfação. Depois, seu olhar furtivo voltou a me observar, fez um movimento rápido e desapareceu. As frondes que ele segurava abanaram no ar.

Corri atrás dele e fui surpreendido com sua figura balançando vividamente em meio aos cipós que arrastavam na folhagem abaixo. Ele estava de costas para mim.

– Olá – saudei-o.

Ele desceu após uma pirueta e me encarou.

– On-onde posso encontrar algo para comer? – perguntei, ligeiramente hesitante.

– Comer – ele falou. – Comer comida de homem, agora – concluiu. E voltou a olhar em direção aos cipós. – Cabana.

– Onde fica a cabana? – perguntei.

– Oh – exclamou.

– Eu sou novo aqui – expliquei.

Ele se balançou e virou de costas. Todos os seus movimentos eram curiosamente rápidos.

– Venha – disse.

Segui-o em busca de alimento. Acreditava que as cabanas eram abrigos onde a tribo de bestas vivia. Eles pareciam simpáticos e eu pensei

A Ilha do Doutor Moreau

que poderia dominá-los, não sabia a que extensão eles haviam se esquecido da sua herança humana.

Meu companheiro símio caminhava ao meu lado com as mãos para baixo e a mandíbula inclinada para frente. Eu tentava imaginar que tipo de memória carregava consigo.

– Há quanto tempo está nesta ilha? – perguntei.

– Quanto tempo? – repetiu, e depois que eu perguntei de novo, ele mostrou três dedos.

Não era tão idiota quanto eu imaginara. Tentei decifrar o que aquilo significava, mas ele parecia entediado. Depois de duas ou três outras perguntas, ele simplesmente pulou em uma árvore para alcançar uma fruta. Então, arrancou um bocado de cascas e começou a comê-las. Observei-o com satisfação, pois aquilo era um sinal de que eu encontraria algum alimento. Fiz outras perguntas, mas suas respostas não eram suficientes. Algumas respostas soavam apropriadas, outras pareciam respostas de papagaio.

Eu estava tão interessado nas peculiaridades do meu guia que mal notei o caminho que fizemos. Deparamo-nos com árvores queimadas e escurecidas, bem como um local desmatado forrado de incrustações amareladas, através das quais uma fumaça esvoaçava, excruciante aos olhos e ao nariz. Do lado direito, além de um morro rochoso, vi o mar azul. O caminho desembocava em um barranco estreito entre duas grandes massas de restos vulcânicos enegrecidos. Lançamo-nos neles.

A passagem tornou-se extremamente obscura após o reflexo da luz no solo sulfuroso. As paredes ficavam cada vez mais pronunciadas e próximas umas das outras. Borrões de verde e púrpura pincelavam o caminho à minha frente. Meu condutor parou subitamente.

– Casa! – disse.

E me vi em meio a um abismo absolutamente escuro, de início. Ouvia sons estranhos e empunhei a mão esquerda em minha frente. Um odor desagradável pairava no ar, como o de uma jaula suja de macacos. À frente, a formação rochosa se abria até alcançar um morro mais plano e forrado de uma vegetação brilhante. Em ambos os lados, a luz refletia passagens estreitas em meio à escuridão central.

OS ORADORES DA LEi

Algo frio tocou a minha mão. Reagi violentamente e, então, vi, perto de mim, algo rosado e opaco que se assemelhava a uma criança esfolada mais do que qualquer outra coisa. A criatura tinha as mesmas características suaves, mas repulsivas de uma preguiça, com a testa baixa e gestos lentos.

Assim que o choque passou, pude ver com mais clareza. A criatura, parecida com uma preguiça, estava na minha frente, me observando. Meu guia havia desaparecido. O lugar era uma passagem estreita entre muros altos de rocha, com uma rachadura, e, em ambos os lados, um aglomerado de briozoários, palmeiras em formato de leque e bambus recostados que formavam grutas escuras onde a luz não penetrava em hipótese alguma. O caminho cheio de curvas até o topo do barranco, entre as rochas, tinha não mais do que dois metros e meio de largura e era repleto de caroços de frutas em decomposição e derivados, o que lhe conferia um odor desagradável.

A pequena criatura-preguiça ainda estava em processo de piscar quando o meu guia símio reapareceu no vão da gruta mais próxima, acenando para que eu entrasse. Em seguida, um monstrengo desajeitado esgueirou-se para fora de uma dessas grutas, ao longo da estranha "rua", e levantou-se, formando uma silhueta indefinida na vegetação brilhante. Eu estava sendo observado. Hesitei, pensando em fugir pelo mesmo caminho de que viera, mas me convenci a continuar a aventura agarrado ao meu pedaço de madeira, a meia altura, e rastejei em direção ao pequeno lugar fedorento atrás do meu guia.

O espaço era um semicírculo, em formato de colmeia, e na parede interna havia uma pilha de frutas diversas, coco, entre outras coisas. Alguns recipientes rústicos de pedra e madeira estavam espalhados pelo chão e um deles estava em cima de um banco rudimentar. Não havia sinais de fogo. No canto mais escuro da cabana, uma massa sem formato e escura me cumprimentou com um "olá". Meu guia símio parou em pé, a meia-luz, e me ofereceu um coco repartido. Caminhei até o outro canto e me agachei. Apanhei o coco e comecei a roê-lo da maneira mais serena possível, embora me sentisse levemente apreensivo e claustrofóbico. O projeto de preguiça parou na entrada da cabana e outro animal de cor acinzentada e olhos cintilantes me fitou por cima do ombro dela.

– Olá! – ouvi do amontoado de sei-lá-o-quê à minha frente. – É um homem.

– Sim, é um homem – confirmou o meu guia. – Um homem, um homem, um homem-cinco, como eu.

– Cale a boca – disse a voz na escuridão, e grunhiu.

Roí meu coco em meio a uma calmaria impressionante. Tentava enxergar o que era aquilo no escuro, mas não podia distinguir nada.

– É um homem – repetiu a voz. – Ele *morar* aqui?

Era uma voz grossa, com um tipo de assovio acentuado que me impressionou, todavia, o sotaque inglês era estranhamente bom.

O símio olhou para mim com expectativa. Percebi que a pausa indicava uma pergunta.

– Ele vem morar aqui – respondi.

– É um homem. Ele tem *conhecer* a Lei.

Comecei a distinguir uma forma mais escura naquele breu, uma vaga silhueta de uma figura curvada. Em seguida, notei que mais duas cabeças sombreavam a entrada do lugar. Segurei minha arma de maneira mais firme.

A Coisa repetiu em voz alta:

– Diga as palavras – falou ela. Eu não havia entendido as últimas palavras. – Não andar sobre quatro patas, esta é a Lei – repetiu de maneira ritmada.

Fiquei atônito.

– Repita as palavras – disse o símio e, então, as figuras à porta entoaram a frase com um ar de ameaça.

Constatei que eu tinha de repetir a fórmula tola, e então a cerimônia mais insana do mundo começou. A voz na escuridão começou a entoar uma ladainha doida, linha por linha, a qual eu e todos tivemos de repetir. À medida que o ritual era realizado, eles deslizavam de um lado a outro da maneira mais estranha possível enquanto batiam as mãos nos joelhos. Eu repeti tudo. Parecia até que eu estava morto e em outro mundo. Naquela gruta escura, figuras grotescas salpicadas por escassos feixes de luz deslizavam para lá e para cá entoando cantos em uníssono:

– Não andar sobre quatro patas; esta é a Lei. Não somos homens?

– Não sugar bebida; esta é a Lei. Não somos homens?

– Não comer peixe ou carne, esta é a Lei. Não somos homens?

– Não arranhar casca de árvore, esta é a Lei. Não somos homens?

– Não seguir outros homens, esta é a Lei. Não somos homens?

E da proibição desses atos tolos, partimos para atos ainda mais loucos, impossíveis e indecentes. Um fervor rítmico tomou conta de todos nós; cantávamos e deslizávamos cada vez mais rápido, repetindo as incríveis leis. Eu estava superficialmente tomado pelos cânticos, mas, por dentro, sentia uma mistura de graça e asco. Cantamos uma longa lista de proibições e, depois, entoamos uma fórmula diferente:

– Dele, casa da dor.

– Dele, mão que faz.

– Dele, mão que fere.

– Dele, mão que cura.

E esse novo cântico se prolongou em novas proibições, a maioria delas eram incompreensíveis sobre esse tal "ele", quem quer que fosse. Eu poderia ter imaginado que aquilo era um sonho, mas nunca havia entoado frases tão aleatórias com um grupo tão excêntrico enquanto dormia.

– Dele, é o relâmpago – cantamos. – Dele, é o oceano salgado e profundo.

Um pensamento terrível sobre Moreau me tomou. Ele animalizava as criaturas e então contaminava seus diminutos cérebros com um tipo de endeusamento de si mesmo. No entanto, eu tinha muita consciência dos meus "dentes brancos e garras fortes" para parar aquele cântico.

– Dele, as estrelas do céu.

Finalmente, o ritual havia terminado. Vi o rosto do símio, que brilhava de suor; e agora, com os meus olhos acostumados ao escuro, podia enxergar melhor a figura parada ao canto. Tinha o tamanho de um homem, mas era coberto com um pelo acinzentado, quase como um *Skye terrier*[9]. O que era aquilo? O que eles eram? Imagine-se cercado pelas criaturas mais bisonhas e maníacas que puder conceber em sua imaginação e você entenderá minimamente qual era o sentimento mediante tais caricaturas grotescas.

– Ele é um homem-cinco, homem-cinco, homem-cinco, como eu – disse o símio.

Segurei as minhas próprias mãos e a criatura do canto debruçou-se em minha direção.

– Não correr sobre quatro patas, esta é a Lei. Não somos homens? – disse ele.

Depois, segurou meus dedos com garras amorfas. Suas patas pareciam feitas do casco de um cervo. Eu poderia ter gritado de surpresa e dor. Ele aproximou o rosto e analisou minhas unhas, caminhou em direção à luz da entrada da cabana e olhei com um tremor produzido pelo asco que senti de seu rosto que nem era de homem, tampouco de besta, mas um tufo de cabelo acinzentado com três arcos protuberantes marcando os olhos e a boca.

---

[9] Raça de cachorros originária da Escócia, Reino Unido, semelhante ao *schnauzer*. (N.T.)

– Ele tem garras pequenas – disse a criatura peluda. – Tudo bem.
Ele soltou minhas mãos e instintivamente agarrei a minha arma.

– Comer frutas e ervas, é a vontade Dele – disse o símio.

– Eu Orador das Leis aqui – disse a figura grisalha. – Todos os novos
vêm mim aprender a Lei. Fico na escuridão e digo as Leis.

– É mesmo – disse uma das bestas na entrada da cabana.

– As punições de quem burla a Lei são terríveis. Ninguém escapa.

– Ninguém escapa – disse o grupo, uns olhando para os outros.

– Ninguém, ninguém – disse o símio. – Fiz coisa errada uma vez,
pequeno. Falei, falei, parei de falar. Ninguém entendeu. Fogo na mão,
marcado. Ele ótimo, ele bom!

– Ninguém escapa – disse a criatura sentada no canto escuro.

– Ninguém escapa – disseram as criaturas, entreolhando-se.

– Desejo de cada um, ruim – disse o Orador das Leis. – O que vai
querer não sabemos, mas precisamos saber. Alguns *querer* seguir coisas,
mover, assistir, saltar, esperar e atacar, matar e morder, abocanhar e
sugar sangue. Isso é ruim. Não *poder* seguir outros homens, esta é a Lei.
Não somos homens? Não *poder* comer carne ou peixe, esta é a Lei. Não
somos homens?

– Ninguém escapa – disse outra criatura sarapintada, na entrada
da cabana.

– Desejo ruim para todos – disse o grisalho. – Alguns *querer* rasgar
com dentes as raízes, cheirar terra. Isso é ruim.

– Ninguém escapa – disseram os homens na entrada.

– Alguns *subir* em árvores, *arranhar* covas dos mortos, outros *brigar*
com as patas, pés ou testas, alguns *abocanhar* de repente, outros *amar*
a sujeira.

– Ninguém escapa – disse o símio, coçando a panturrilha.

– Ninguém escapa– disse a preguiça humana.

– Punição severa e certa. Aprender a Lei. Dizer as palavras.

E a estranha ladainha recomeçou junto com os cantos e balançares.
Zonzo, eu cambaleava com o falatório e o odor do lugar; mas continuei,
torcendo para um novo desenvolvimento.

A Ilha do Doutor Moreau

– Não andar sobre quatro patas, esta é a Lei. Não somos homens?

O barulho dentro da gruta era tão alto que mal pude ouvir o tumulto do lado de fora. Um dos dois homens-suínos aparentemente havia golpeado o homem-preguiça com a cabeça e, depois, gritou algo de maneira agitada, algo que não consegui entender. Em um piscar de olhos, aqueles à porta da cabana sumiram; meu guia símio fugiu, seguido pelo sujeito Orador das Leis (somente pude ver que era grande e desajeitado e coberto por um pelo lustroso). Fui deixado para trás. Antes que eu conseguisse alcançar o vão, ouvi o rosnado de um lobo.

Logo eu estava parado fora do casebre com a arma empunhada e absolutamente trêmulo. Na minha frente, via as costas desajeitadas da tribo de bestas, suas cabeças disformes e escondidas pelas escápulas. Gesticulavam com entusiasmo. Outros animais demonstravam dúvida ao saírem das cabanas. Olhando na mesma direção que eles, vi caminhar em meio à neblina, ao fundo, além da passagem das grutas, o rosto pálido e horrendo de Moreau. Ele estava acompanhado por um lobo, na retaguarda, e atrás do animal vinha Montgomery com um revólver nas mãos.

Fiquei paralisado por um instante. Virei-me na direção contrária e vi a passagem atrás de mim bloqueada por outro brutamontes de pele acinzentada, com olhos pequenos e cintilantes. Ele vinha ao meu encontro. Olhei ao meu redor e vi, a uns cinco metros de mim, um vão estreito na parede de pedra por onde um feixe de luz entrava e refletia em meio às sombras.

– Pare! – gritou Moreau enquanto eu avançava na direção do vão – Segurem-no!

Nesse momento, uma besta do clã me encarou e, em seguida, todos os outros se viraram. Suas mentes eram felizmente lentas. Bati o ombro involuntariamente em um monstrengo desengonçado que parecia tentar entender algo em meio ao tumulto. No entanto, essa mesma criatura caiu em cima de outra besta, em efeito dominó. Senti suas mãos abanando no vento em uma tentativa de me arrebatar, no entanto, consegui desviar. A pequena preguiça, por sua vez, esbarrou em mim e ganhou um corte no rosto com o prego fincado na ponta da minha arma. No minuto seguinte, eu me arrastava morro acima por um caminho íngreme, um tipo de chaminé inclinada longe da encosta. Ouvi um uivo atrás de mim e gritos de "Peguem-no!" e "Detenham-no!"; de repente, o homem do rosto peludo apareceu atrás de mim e esmurrou seu punho gigante na rachadura. "Continuem, continuem!", gritavam. Arrastei-me até a rachadura na formação rochosa e saí do lado Oeste da vila das bestas, sobre o tapete sulfúrico que vira antes.

Penso que aquele vão veio a calhar, já que a chaminé, estreita e oblíqua, impedia a passagem dos meus caçadores. Disparei sobre uma superfície esbranquiçada e desci por um morro íngreme em meio a um amontoado de árvores e bambus compridos, tendo desembocado sobre uma vegetação baixa, escurecida e suculenta. Conforme embrenhei-me no bambuzal, meus caçadores emergiram da rachadura pela qual eu havia passado. Encontrei um atalho pela vegetação e, enquanto o fazia, inúmeros gritos ecoavam no ar. Ouvia o tumulto dos meus predadores passando pelo vão e destruindo galhos pelo caminho. Algumas criaturas rugiam como bestas assustadoras atrás de sua presa. O cão, Montgomery e Moreau urravam à esquerda, então, comecei a correr pela direita. Montgomery vociferava que eu corresse pela minha vida.

Nesse instante, o solo pareceu incrivelmente gosmento e minhas pernas afundaram até a altura dos joelhos. O desespero era tão grande que continuei a todo vapor, passando por um caminho cheio de curvas e bambus alongados. O som dos meus predadores parecia vir do meu lado esquerdo. Em dado momento, três animais rosados e esquisitos passaram por mim, pulando. Eles tinham o tamanho de gatos e desviaram dos meus pés. Esse caminho me levou até um desfiladeiro, a outro lugar descampado, coberto por uma incrustação esbranquiçada, onde me lancei em meio a outro bambuzal.

Eu estava aparentemente equidistante em relação à beira de um vão emuralhado e íngreme, o qual surgiu sem qualquer aviso, como uma risada intempestiva em uma situação de perigo. Eu ainda corria com todo o vigor e não tinha visto o referido vão até que me lancei por cima dele, como se fosse um animal alado.

Caí sobre meus braços e cabeça em um mar de espinhos. Quando levantei, a minha orelha estava cortada e a minha cabeça sangrava. Eu havia caído de uma encosta clivosa, uma formação rochosa repleta de espinhos. Uma nébula turva pairava levemente sobre mim e sobre um riacho desde seu epicentro. Fiquei atônito com aquele evento no esplendor do dia, mas eu não tinha tempo para admirá-la. Virei para a direita e comecei a seguir pelo resvaladouro do rio, com o firme propósito de encontrar o mar e me afogar. Depois de algum tempo de caminhada, percebi que já não carregava mais a minha arma: sumiu após o meu tombo na encosta.

O desfiladeiro parecia estreitar cada vez mais, então, entrei no rio com todo o cuidado possível. Saí rapidamente em um único impulso, já que a água borbulhava de calor. Notei que havia uma espuma sulfúrica espiralada boiando sobre a água. Quase imediatamente o horizonte azul límpido e a encosta se transformaram. O mar estava lá, refletindo a luz do Sol em milhares de ângulos diferentes, e vi a morte à minha espera. Eu estava esbaforido e ofegante, com sangue quente jorrando da minha face e correndo agradavelmente pelas minhas veias. Eu sentia um toque de satisfação por ter conseguido despistar meus predadores, mas ainda não tinha a bravura necessária para acabar com a minha vida. Olhei para trás, na direção pela qual tinha vindo.

Ouvi atentamente. Não fosse pelo zumbido dos mosquitos e o chilro de alguns insetos ao redor das plantas espinhosas, a atmosfera pareceria tranquila... até que o ladrar de um cão ressoou pelos ares, ao fundo, seguido de um falatório e o estalar de um chicote. A intensidade dos sons oscilava: ora diminuía com a subida do rio, ora desaparecia por completo. Por algum período, pensei que a perseguição havia cessado. Pelo menos eu sabia, enfim, o que esperar da tribo de bestas.

O ARMISTÍCIO

Virei-me e desci em direção ao mar novamente. O riacho tornou-se ainda mais estreito e, agora, repleto de ervas, areia, grandes caranguejos e criaturas cheias de pernas que subiam sobre as minhas e logo despencavam. Caminhei até a beira do mar e senti-me seguro. Olhei para trás e observei, com as mãos repousadas sobre a cintura, a densa vegetação por onde um vapor fumegava, como se fosse um corte que exalasse uma fumaça. Mas, como disse antes, eu estava verdadeiramente agitado e desesperado (de tal maneira que quem nunca encarou uma situação de extremo perigo jamais saberá) para conseguir dar fim à minha própria vida.

No entanto, lembrei-me de que ainda havia uma possibilidade de resolução antes que cometesse tal insanidade. Enquanto Moreau, Montgomery e a tropa de bestas vasculhavam a ilha à minha procura, por que não entrar no alojamento deles, arranjar uma pedra da própria parede pobremente levantada e usá-la para arrombar a porta com o intuito de encontrar uma arma decente (faca, pistola ou qualquer outra coisa) para combatê-los assim que me encontrassem? De fato, tinha tudo para dar certo.

Então, caminhei a Oeste, na beira da praia. O Sol escaldante ofuscava meus olhos. A sutil maré do Pacífico drapejava gentilmente. Em dado momento, a costa ficou ao Sul e o Sol batia na minha mão direita. De repente,

A Ilha do Doutor Moreau

ao longe, em minha direção, vi uma figura em meio aos arbustos, e depois várias outras: eram Moreau, Montgomery e seus capangas. Paralisei.

Eles me avistaram e começaram a gesticular e caminhar até mim. Apenas observei. As duas bestas humanas corriam à frente, prontos para me capturar. Montgomery também corria até mim sem pestanejar. Moreau vinha vagarosamente ao lado de seu cão guarda-costas.

Finalmente, consegui livrar-me da paralisia e, ao virar de frente para o mar, caminhei em direção à morte. A água parecia rasa na beira da praia. Adentrei em torno de vinte e cinco metros e as ondas ainda estavam pela minha cintura. Pude ver as criaturas da região entremarés se aproximando dos meus pés.

– O que você está fazendo, homem? – gritou Montgomery.

Encarei-o, com água pela cintura. Montgomery parecia ofegante às margens da praia. Seu rosto estava vermelho decorrente do esforço físico, seus longos cabelos esvoaçavam sobre sua cabeça e seu lábio inferior mostrava seus dentes tortos. Moreau vinha logo atrás, esquálido e tenaz, e seu cão ladrava em minha direção. Os dois carregavam chicotes. No alto, estavam as bestas.

– O que estou fazendo? Prefiro me afogar – respondi.

Montgomery e Moreau se entreolharam. E, então, Moreau perguntou:

– Por quê?

– Porque prefiro me matar do que ser torturado por vocês.

– Eu lhe falei – disse Montgomery. Moreau disse algo em voz baixa.

– O que o faz pensar que vamos torturar você? – perguntou Moreau.

– O que eu vi até agora – respondi. – Aquelas coisas...

– Shhhhh! – disse Moreau, e levantou a mão.

– Recuso-me – falei. – Eles eram homens e agora são o quê? Eu não quero o mesmo destino.

Olhei atrás dos meus interlocutores. Na parte mais alta da praia, estava o assistente de Montgomery, M'ling, e um brutamontes enfaixado. Mais adiante, encoberto pela sombra das árvores, via o meu pequeno símio e, atrás dele, algumas figuras turvas.

– Quem são essas criaturas? – perguntei, apontando para eles e levantando o tom da minha voz para que pudesse ser ouvido. – Eles eram homens como vocês, mas foram contaminados por alguma substância "bestificadora", homens que vocês escravizaram, mas que vocês ainda temem.

– Vocês que estão me ouvindo – gritei, apontando para Moreau e endereçando os homens-bestas.

– Vocês que me ouvem nesse momento, não conseguem ver que esses dois homens têm medo de vocês, mais do que isso, pavor de vocês? Então, por que ainda os temem? Vocês são muitos...

– Pelo amor de Deus – gritou Montgomery. – Pare, Prendick!

– Prendick! – berrou Moreau.

Os dois gritaram em uníssono, como se quisessem abafar a minha voz. Atrás deles, bestificadas, estavam as criaturas olhando em minha direção. Claramente tentavam entender o que eu havia dito, com as mãos largadas para baixo e os ombros levantados. Eles pareciam fazer um grande esforço para me compreender ou, talvez, lembrar algo sobre seu passado como humanos.

Continuei gritando, nem me lembro o quê. Creio que eu dizia que Moreau e Montgomery poderiam ser facilmente assassinados e que as criaturas não deviam temê-los. Essa foi a ideia que injetei nas mentes daquela tribo esquisita.

Vi o sujeito dos olhos verdejantes e vestido em frangalhos, o qual havia me encontrado na noite da minha chegada à ilha, sair por entre as árvores junto de alguns outros para que pudessem me ouvir melhor. Ao final, pausei para recuperar o fôlego.

– Escute-me por um momento – disse Moreau – e depois pode dizer o que quiser.

– Prossiga – falei.

Ele tossiu, pensou um bocado e gritou:

– Latim, Prendick! Latim ruim, aluno latim, mas tente entender. *Hi non sunt homines; sunt animalia qui nos habemus...*[10] vivissecamos.

---

[10] Do latim: "Eles não são homens, são animais que nós...". (N.T.)

A Ilha do Doutor Moreau

Este é um processo humanizador. Deixe-me explicar melhor. Venha à orla.

Eu ri.

– Que história bonita – e respondi em sequência. – Eles falam e constroem casas. Eles eram homens. Até parece que vou até aí – ironizei.

– O mar é bastante fundo logo atrás de você e, além disso, repleto de tubarões.

– Este é o meu destino – falei. – Curto e dramático.

– Espere um momento – disse. E então tirou algo do bolso que refletiu o Sol e o colocou sobre a areia. – Este revólver está carregado – disse. – Montgomery fará o mesmo. Vamos subir até uma altura que você considere segura. Você vem até aqui e pega os revólveres.

– Eu não! Vocês têm um terceiro homem.

– Quero que pense mais um pouco, Prendick. Em primeiro lugar, nunca lhe pedi que ficasse na ilha. Se, de fato, praticássemos tais experimentos com homens, deveríamos importar homens para cá, não animais. Segundo, nós o teríamos drogado ontem à noite se quiséssemos fazer experimentos com você. Terceiro, seu ataque de pânico já passou e você já pode raciocinar um pouco melhor. Será que Montgomery é mesmo o carrasco que você imagina? Perseguimo-no pelo seu próprio bem, porque esta ilha está apinhada de adversidades. Além disso, por que iríamos querer assassiná-lo se você acaba de anunciar seu suicídio?

– Por que vocês colocaram a tribo de bestas atrás de mim quando estávamos nas grutas?

– Tínhamos certeza de que iríamos pegá-lo e deixá-lo fora de perigo. Depois, farejamos seu odor, pelo seu próprio bem.

Fiquei parado, estupefato. Aquilo fazia sentido. Em seguida, lembrei-me de algo mais.

– Mas eu vi – continuei. – No alojamento...

– Aquela era a puma.

– Veja bem, Prendick – disse Montgomery. – Você é um tolo! Saia da água, pegue os revólveres e converse como um homem. Não podemos fazer nada a mais do que já estamos fazendo agora.

Confesso que, de fato, eu desconfiava e tinha medo de Moreau, mas compreendia Montgomery.

– Subam – falei, e após pensar um pouco, acrescentei: – Com as mãos para o alto.

– Não posso fazer isso – disse Montgomery, balançando a cabeça para os lados. – Indigno.

– Então, subam às árvores como preferirem.

– Que cerimoniazinha desnecessária – resmungou Montgomery.

Os dois se viraram e encararam seis ou sete criaturas grotescas. Elas, por sua vez, permaneceram sob os raios de sol, robustos, movendo e projetando suas sombras pelo chão. Eles pareciam incrivelmente reais. Montgomery estalou seu chicote na direção deles, os quais correram desordenadamente para as árvores. Quando Montgomery e Moreau chegaram a uma distância razoável, regressei à orla, coletei os revólveres e os examinei. Para evitar qualquer tipo de truque, descarreguei uma das armas em uma poça de lava e assisti, com satisfação, às balas sendo pulverizadas e as ondas ficando salpicadas pelo chumbo. Eu permanecia hesitante.

– Vou arriscar – disse, com um revólver em cada mão, subindo em direção a eles.

– Melhor assim – disse Moreau, de maneira um tanto quanto superficial. – Você desperdiçou a melhor parte do meu dia com a sua imaginação fértil – falou com uma pitada de desprezo e humilhação. Em seguida, ele e Montgomery viraram-se de costas e caminharam em silêncio na frente.

As criaturas continuaram lá, perplexas atrás das árvores. Passei por elas da maneira mais serena possível. Uma começou a me seguir, mas retirou-se assim que Montgomery estalou o chicote novamente. As outras permaneceram em silêncio, apenas observando. Eles podem até ter sido animais outrora, mas nunca tinha visto animais que tentassem pensar.

DOUTOR MOREAU EXPLICA

– Agora, Prendick, deixe-me explicar – disse Moreau assim que terminamos de comer e beber. – Confesso que você é o "desconvidado" mais autoritário que já tivemos aqui. Esta é a última coisa que lhe obrigarei a fazer. Da próxima vez que ameaçar suicidar-se, não o impedirei, mesmo que seja um incômodo.

Ele se sentou na cadeira com um charuto pela metade entre os dedos branquelos e habilidosos. A luz da luminária pendente espelhava seus fios de cabelo esbranquiçados enquanto ele observava a luz das estrelas. Sentei-me tão longe quanto pude, do outro lado da mesa, com os dois revólveres nas mãos. Montgomery não estava nesse momento e eu tampouco fazia questão da presença dos dois em um recinto tão pequeno.

– O ser humano que supostamente sofreu uma vivissecção, ao qual você se refere, teria sido apenas a puma? – perguntou Moreau. Ele me fez relembrar todo aquele horror para confirmar o seu potencial inumano.

– Rezo para nunca mais ver a pobre puma cortada e mutilada. De todas as coisas vis...

– Deixe isso para lá – disse Moreau. – Pelo menos, poupe-me desse espanto juvenil. Montgomery era igualzinho a você. Você admitiu que é uma puma, pronto. Agora, cale a boca e deixe-me dar algumas explicações fisiológicas...

E começou a explicar qual era o escopo do seu trabalho com um bocado de tédio na voz, mas ainda ávido pela própria empreitada. Ele foi sucinto, convincente e um tanto sarcástico. Eu me sentia envergonhado pelas nossas posições.

Segundo sua explicação, aquelas criaturas nunca haviam sido homens. Eles eram animais, animais humanizados, triunfos da vivissecção.

– Você se esqueceu do que um praticante de vivissecção é capaz? – perguntou Moreau. – Por experiência própria, fico perplexo por nunca terem feito que fiz aqui na ilha. Pequenos esforços, evidentemente, já foram feitos, como amputações, cortes, excisões. Sabia que o estrabismo pode ser induzido ou corrigido com cirurgia? No caso de excisões, por exemplo, pode-se ter diversos tipos de alteração secundária, como distúrbios pigmentares, modificações nos hormônios, alterações na secreção de tecido adiposo. Não tenho dúvidas de que já ouviu algumas dessas coisas.

– Claro – respondi. – Mas essas criaturas são repulsivas...

– Tudo a seu tempo – retrucou, interrompendo-me. – Estou apenas no início dessa empreitada. Esses são alguns exemplares triviais em que houve alteração. Cirurgias podem ter melhores resultados do que esses que você viu por aqui. Há um processo de concepção, falha e ajuste. Você já deve ter ouvido, por exemplo, sobre cirurgias que resultaram na destruição do nariz do paciente, certo? Pois, então, nesse caso, um pedaço de pele retirado da testa pode ser posicionado sobre o membro afetado, o qual vai cicatrizar na nova posição. O que faço é um tipo de enxerto em uma nova posição no próprio animal. Enxertos com material recentemente coletado de outros animais também são possíveis. É o caso de dentes, por exemplo. O enxerto de peles e ossos pode facilitar a cicatrização, já que o cirurgião posiciona fragmentos de pele de outros animais sobre feridas abertas, ou até mesmo fragmentos de

A Ilha do Doutor Moreau

ossos de um corpo recentemente falecido. Talvez tenha ouvido sobre o caso da *Crataegus crus-galli*[11] de Hunter[12]. Ele conseguiu que uma amostra da variedade botânica germinasse no pescoço de um boi, assim como os ratos-rinocerontes dos Zuavos[13] algerianos que foram considerados monstros, pois posicionaram o rabo de um rato em um rinoceronte, o qual cicatrizou, porém, no lugar de seu focinho.

– Monstros produzidos em laboratório – comentei. – Você quer dizer que...

– Sim, essas criaturas que você viu foram esculpidas e forjadas em outros formatos. Minha vida foi toda devotada ao estudo da plasticidade das formas vivas. Tenho estudado o tema há anos, ganhando mais conhecimento a cada nova experiência. Vejo que você está horrorizado, no entanto, isso tudo não é novidade, faz parte da prática de anatomia, mas ninguém teve coragem de conduzir. Não é apenas a figura externa de um animal que posso modificar. A fisiologia e as substâncias químicas também podem ser alteradas permanentemente. Alguns exemplos mais familiares são a vacinação e outros métodos de inoculação com matérias vivas ou mortas. Uma operação simples, por exemplo, é a transfusão de sangue, com a qual iniciei meus estudos. Estes são casos mais comuns. Casos menos comuns e mais extensivos foram as operações feitas por médicos medievais que criavam anões e aleijados, monstros de circo e outros tantos vestígios da arte derivada da manipulação primária de charlatões e contorcionistas. Victor Hugo, por exemplo, os menciona em *L'Homme qui Rit*[14], mas creio ter dado um significado maior a tudo isso. É possível, portanto, transplantar um tecido de uma parte específica de um animal a outra parte dele próprio, ou de um animal a outro. É possível alterar reações químicas, métodos de crescimento, articulações das costelas e estruturas genitais.

---

[11] Nome científico da espécie botânica chamada de cockspur, comum na flora da América do Norte. (N.T.)

[12] Referência a um escocês praticante de vivissecção, John Hunter. (N.T.)

[13] Soldados da Infantaria algeriana. (N.T.)

[14] Obra do romancista e dramaturgo francês Victor Hugo, traduzida para o português como *O homem que ri*. (N.T.)

– Ainda assim – continuou –, esse extraordinário campo do conhecimento humano é inesgotável, especialmente depois que o descobri! Algumas dessas descobertas foram feitas como último recurso cirúrgico, a maioria das evidências de parentesco de que puder se lembrar ocorreu por mero acidente, geralmente, por tiranos, criminosos, criadores de cavalos e cachorros, por todos os tipos de pessoa destreinada e desajeitada que trabalhavam em favor dos próprios benefícios. Eu fui o primeiro a abordar essa questão de maneira profissional, com a garantia de antissépticos cirúrgicos e conhecimento científico sobre as leis do crescimento. Mas claro que devem ter imaginado que essa prática já era realizada clandestinamente. Imagine gêmeos siameses que eram condenados pela Santa Inquisição: sem dúvidas o intuito era tortura artística, mas alguns inquisidores devem ter tido algum tipo de curiosidade científica também.

– Mas essas criaturas falam! – comentei indignado.

Ele concordou e prosseguiu explicando que a possibilidade da vivissecção não se limitava a uma mera metamorfose física. Um suíno pode ser adestrado; sua estrutura mental é ainda menos determinante do que a estrutura corporal. Com a crescente ciência do hipnotismo, descobrimos que há esperança de suplantação de velhos instintos intrínsecos por novas sugestões, por meio de enxerto ou substituição de ideias fixas herdadas ao longo de gerações. Muito do que chamamos de educação moral é, na realidade, fruto de uma modificação artificial e perversão instintiva; o relativismo pode ser transformado em autossacrifício audaz, e a supressão da sexualidade pode se transformar em fervor religioso. Nesse sentido, por exemplo, a grande diferença entre homens e macacos está na laringe, na incapacidade de estruturar diferentes símbolos sonoros de maneira apurada, o que impossibilita as bases para o pensamento. Discordei dele nesse aspecto, e, com certa descortesia, ele também desconsiderou a minha objeção. Repetiu que aquela era a verdade e continuou com o relato sobre o seu trabalho.

Eu o questionei sobre o porquê de usar a forma humana como modelo. Pareceu-me, e ainda parece, uma escolha perversa. Ele confessou que havia escolhido a forma humana por acaso.

A Ilha do Doutor Moreau

– Eu poderia ter decidido transformar ovelhas em lhamas e lhamas em ovelhas. Todavia, creio que a quase artística capacidade de raciocínio humano é o que mais chama a atenção em relação a qualquer outro animal. Mas eu não me confinei aqui para brincar de criar humanos. Uma ou duas vezes talvez... – e pôs-se em silêncio por um instante. – Os últimos anos passaram muito rápido. Cá estou, desperdicei um dia inteiro para salvar a sua vida e mais uma hora para explicar tudo isso a você.

– Mas ainda não entendi. Qual é a sua justificativa para infligir toda essa dor a um animal? A única coisa que justificaria a vivissecção seria algum tipo de aplicação.

– Precisamente. Mas, como pode ver, eu penso de maneira diferente. Apoiamo-nos sobre bases científicas diferentes. Você é claramente um materialista.

– Eu não sou um materialista – respondi imediatamente, um tanto agitado.

– Veja, na minha opinião, a questão da dor é a única que nos separa. Seja por meio da visão ou da audição, a dor lhe nauseia. As suas próprias dores o impulsionam e dizem muito a respeito da sua visão sobre o pecado. Você é um animal e pensa de maneira ligeiramente menos turva sobre como um animal se sente. Essa dor...

Dei de ombros em relação àquele subterfúgio.

– Ah, claro, é algo tão pequeno! – continuou. – Uma mente de fato aberta ao que a ciência pode ensinar realmente acharia que essa é uma questão insignificante. Pode ser que, exceto nesse planeta minúsculo, essa poeira cósmica invisível chamada "dor" sequer exista, não é mesmo? Que leis são essas?

Enquanto falava, Moreau tirou um canivete do bolso, abriu-o e moveu sua cadeira de modo que eu pudesse ver a região femoral da sua perna. Então, escolheu um lugar apropriado, penetrou a lâmina na própria perna e retirou-a logo em seguida.

– Você já deve ter visto isso antes. Não machuca, é tal qual uma alfinetada. Mas o que ela demonstra? A capacidade da dor não é sentida

79

no músculo e não ocorre nele, é sentida minimamente na pele e talvez aqui ou acolá na região da coxa. A dor é nossa conselheira intrínseca que nos alerta e nos estimula. Nem toda carne viva sente dor; tampouco nervo; sequer todo nervo sensorial sente dor. Não há vestígios de dor, dor real, advinda do nervo óptico, por exemplo. Caso machuque o nervo óptico, você apenas verá feixes de luz, assim como uma doença do aparelho auditivo não provoca mais do que um mero zumbido nos ouvidos. Plantas não sentem dor, tampouco o sentem os animais mais primitivos. É possível que animais como estrelas-do-mar ou lagostas não sintam qualquer dor. Com os homens, o que ocorre é que, quanto mais inteligentes se tornam, de maneira mais inteligente pensarão sobre o próprio conforto e, consequentemente, menos precisarão da ferroada para se manterem longe da abelha, entende? Eu nunca ouvi falar de nada capaz de resistir às forças da evolução natural. A dor se torna cada vez menos necessária.

– Eu sou um homem religioso, Prendick, como todo homem são deve ser. Pode ser, creio, que eu tenha visto mais caminhos neste mundo do Criador do que você, porque eu investiguei as Suas leis, à minha maneira, durante toda a minha vida enquanto você capturava borboletas. E lhe digo, dor e prazer não têm nada a ver com paraíso ou inferno. Dor e prazer, haha! Qual seria o pico de êxtase do seu teólogo favorito a não ser a passagem do alcorão sobre o encontro de Maomé com as virgens no Paraíso? Essa memória que homens e mulheres herdaram sobre a dor e o prazer são a marca da besta sobre elas, a marca da besta da qual elas vieram! Dor e prazer são o que são, pois fazem você rastejar por elas.

– Veja bem – continuou –, conduzi a pesquisa de modo que ela me guiou, não o contrário. Essa é a única maneira que conheço de fazer pesquisa. Eu fazia uma pergunta, desenvolvia um método para obter a resposta e obtinha uma nova pergunta na sequência. Isso é ou não possível? Você não sabe o que isso significa para um pesquisador, que entusiasmo cresce dentro dele! Você não sabe qual é o deleite estranho e sem cor que são esses ímpetos intelectuais! De repente, o que está na sua frente não é mais um animal, mas uma incógnita a ser resolvida. Dor empática, tudo o que sei sobre ela é o que restou em minha memória de algo que eu sentia muitos anos atrás. Tudo o que eu mais queria era descobrir o limite extremo da plasticidade em seres vivos.

– Mas isso é uma abominação – comentei.

– Até hoje nunca me importei com o aspecto ético subjacente a essa questão – continuou. – O estudo da natureza torna o homem tão impiedoso quanto ela própria. Continuei a prática sem me atribular com qualquer outro aspecto que não fosse a minha pergunta inicial. E, então, o aspecto material ficou perdido em algum lugar no meio do caminho. Estamos aqui há quase onze anos, eu, Montgomery e seis Kanakas[15]. Ainda me lembro como se fosse ontem da calmaria da ilha e do vazio do oceano. Parecia que o lugar estava esperando por mim.

– Os abrigos foram levantados e a casa foi construída. Os Kanakas ergueram algumas cabanas perto da encosta e, então, comecei a trabalhar com o que tinha à mão, mas algumas coisas desagradáveis ocorreram no início. Comecei com uma ovelha, mas ela morreu um dia após a cirurgia por causa de um deslize do bisturi. Consegui outra ovelha, trabalhei a dor e o prazer, e esperei sua cicatrização. Ao final, ela parecia bastante humana, pelo menos para mim, mas eu ainda não estava satisfeito. Assemelhava-se tanto a mim que fiquei aterrorizado, embora ela não tivesse a perspicácia muito maior do que a de uma ovelha. Quanto mais a observava, mais desajeitada parecia, até que coloquei um ponto final em seu sofrimento. Esses animais pouco corajosos, assombrados pelo medo, guiados pela dor, sem qualquer pingo de audácia para encararem o sofrimento, não são bons para a prática de vivissecção.

– Depois, parti para um gorila que eu tinha e, portanto, trabalhei com todo o cuidado e superei cada dificuldade até que finalmente o transformei em homem. Eu o moldava noite e dia, a semana inteira. No caso dele, a parte que mais precisava de ajustes era o cérebro. Muitos elementos tiveram de ser acrescentados e muita coisa mudou.

---

[15] Trabalhadores das ilhas do Pacífico. (N.E.)

Ele teve de ser completamente enfaixado e ficou estático por muito tempo. Apenas quando garanti que sua vida estava fora de perigo é que o deixei. Em seguida, encontrei Montgomery tal qual encontrei você. Ele tinha ouvido berros, como os berros que você ouviu da puma durante seu processo de humanização. No início, ele não inspirava muita confiança. E os Kanakas também estavam receosos por causa do meu olhar. Consegui convencer Montgomery a ficar do meu lado, mas tivemos medo de que os Kanakas fugissem. Ao final, eles fugiram com o nosso barco. Então, passei muitos dias adestrando o brutamontes, o qual estava na ilha há três ou quatro meses. Ensinei o básico da língua inglesa; passei noções básicas de cálculo e lecionei o alfabeto. Ele era devagar naquela época, claro, mas conheci idiotas ainda mais lerdos. Ele começou como uma folha em branco mentalmente, não tinha quaisquer memórias do que havia sido. Após a cicatrização das feridas, ele já não sentia tanta dor e se movimentava um pouco melhor, então, pôde conversar um pouco, até que o apresentei aos Kanákas, como se fosse um clandestino.

– De alguma forma – continuou –, tiveram medo dele no início, o que me ofendeu, já que eu o considerava muito. No entanto, ele era tão tranquilo e abjeto que o grupo o aceitou, tendo absorvido, inclusive, um pouco de sua educação. Ele era rápido para aprender, bastante imitador e adaptativo. Ergueu a própria cabana melhor do que os barracos dos próprios Kanakas. Havia um entre eles que era uma espécie de missionário e ele o ensinou a ler ou pelo menos a reconhecer as letras e transmitiu algumas ideias rudimentares sobre moral, mas parecia que os hábitos da besta não eram muito agradáveis.

– Afastei-me do trabalho por alguns dias depois disso e me engajei na escrita dos resultados dos experimentos de modo a reacender a fisiologia inglesa. Então, encontrei a criatura pulando de galho em galho e gritando de forma ininteligível para dois Kanakas que o estavam provocando. Eu o ameacei, falei sobre a inumanidade daquilo, tentei despertar o senso de vergonha nele e resolvi aprimorar meu trabalho antes de levá-lo à Inglaterra. Eu tinha o sentimento de que conseguiria fazer algo melhor.

A Ilha do Doutor Moreau

No entanto, de alguma forma, a besta teimosa voltou a agir como antigamente. Mas eu ainda me mantinha ambicioso. Essa puma...

– Enfim, esta é a história. Todos os Kanakas já estão mortos: um deles caiu ao mar, o outro morreu em decorrência de uma infecção por uma planta. Três fugiram no barco e espero que tenham morrido. O outro foi morto. Bem, eu os substituí. Montgomery foi muito longe para consegui-los e depois...

– O que houve com o outro? – perguntei sem hesitar. – O Kanaka que foi morto?

– A questão é que depois que eu já havia feito várias criaturas, criei a Coisa... – disse hesitante.

– É mesmo? – perguntei.

– Mas foi morto.

– Não entendi – comentei –, você quer dizer...

– Sim, matei o Kanaka. Ele matava muitas outras coisas que passavam pelo seu caminho, e nós o perseguimos por alguns dias. Na verdade, ele se soltou por acidente, eu mesmo nunca quis soltá-lo. O procedimento ainda não havia terminado, era só uma tentativa até aquele momento. Ele não tinha costelas, tinha um rosto repugnante e se retorcia pelo chão como uma serpente, era extremamente forte e arisco e se perdeu pelo mato durante alguns dias até que tivemos de caçá-lo. Ele se retorceu até o outro lado da ilha e nos dividimos para conseguir capturá-lo. Montgomery insistiu em vir comigo. O homem tinha um rifle e quando seu corpo foi encontrado, um dos barris tinha o formato da letra S e havia sido todo abocanhado. Montgomery disparou sua arma. Após o fato, eu pude balizar o ideal humano, exceto por algumas pequenas coisas.

De repente, ficou em silêncio. Sentei-me e observei seu rosto, sem dizer nada.

– Desde então, há vinte anos, contando os nove anos na Inglaterra, tenho feito meus experimentos. Mas sempre há algo que quero aperfeiçoar a cada prática, algo que me deixa insatisfeito ou me desafia a continuar. Algumas vezes, me dou por vitorioso, outras, me sinto vencido, mas nunca alcancei o meu sonho. A forma humana que consigo garantir agora, digamos que com certa facilidade, é pequena e graciosa, ou robusta e forte, mas com frequência tenho dificuldades com as mãos e as patas, áreas doloridas que não são fáceis de forjar. Mas as partes que têm oferecido mais dificuldades são os enxertos sutis e reformulações do cérebro. A inteligência é estranhamente reduzida, com inexplicáveis terminações vazias e intervalos inesperados. E a parte mais desagradável de todas, a qual não posso tocar, um lugar, não sei exatamente onde, o campo das emoções. Anseios, instintos, desejos que prejudicam o aspecto humano desses seres, um estranho reservatório ocultado que pode, a qualquer momento, explodir e inundar a criatura com raiva, ódio ou medo. As minhas criaturas podem parecer estranhas e impressionantes ao primeiro olhar, mas, conforme as observa, elas parecem inegavelmente humanas. É geralmente depois que os crio que o meu poder de persuasão falha. Começa com um instinto animal, depois outro e, de repente, tudo vem à tona de novo. Mas eu vou conseguir! A cada vez que me aprofundo nas entranhas da criatura viva, no ápice da dor mais pungente, eu digo: "desta vez eu vou acabar com tudo o que não é humano em você. Desta vez, vou criar um ser racional todo meu. Afinal, o que são dez anos? Os homens estão há cem mil na Terra" – olhou de maneira obscura. – O que importa é que estou perto do meu sonho com a puma.

Depois de um período de silêncio, disse:

– A questão é que eles sempre voltam atrás, começam a rastejar e agir como animais irracionais – e fez-se outro momento de silêncio, agora mais longo.

– Certo, então você os leva às grutas? – perguntei.

– Na verdade, não. Eles vão por si mesmos. Eu os escondo lá quando começo a sentir que os instintos animais estão mais pungentes. Eles têm muito medo de mim e desta casa. Há um entre eles que imita muito bem os humanos. Montgomery sabe quem é, já que interfere nos nossos assuntos. Ele treinou um ou dois deles para nos servirem. Ele tem vergonha disso, mas creio que goste um pouco das bestas, mas isso é coisa dele, não minha. Sinto um senso de derrota por eles. Não tenho o menor interesse. Acho que estão seguindo os passos do Kanaka missionário e, portanto, zombam da vida racional, pobres bestas! Há algo que eles chamam de Lei. Eles cantam hinos, constroem suas grutas, coletam frutas e ervas e até se casam. Mas eu vejo além de tudo isso, vejo as almas deles, e vejo nada mais do que almas e bestas que hão de perecer, que sentem raiva e desejo de viver. Sentem gratidão. Há um tipo de esforço crescente neles, uma parte é a vaidade, a outra é o fervor sexual e a última é a curiosidade. Isso tudo só me irrita. Fico feliz em ter a puma. Trabalhei duro no seu cérebro e crânio. Bem, e agora... – disse ao levantar-se após um longo intervalo em silêncio em que mergulhamos em nossos próprios pensamentos. – No que pensa agora? Ainda tem medo de mim?

Olhei para ele e vi apenas um rosto pálido, cabelos brancos e um olhar calmo. Exceto pela serenidade, a quase beleza de sua tranquilidade e porte magnífico parecia a de cem outros cavalheiros da sua idade. De repente, senti um calafrio. Como resposta à segunda pergunta que ele me fez, entreguei um revólver com as duas mãos.

– Fique com ele – disse, enquanto bocejava. Então, olhou para mim por um instante e sorriu. – Você teve dois dias cheios. Eu lhe aconselharia a dormir. Fico feliz que esteja tudo às claras agora. Boa noite – e me analisou cuidadosamente antes da sair pela porta interna do quarto.

Tranquei a porta de entrada em um ímpeto. Sentei-me novamente. Estava perplexo, extenuado emocional, mental e fisicamente, a ponto de não lembrar quais haviam sido suas últimas palavras. A janela escura parecia me observar como se fossem grandes olhos pretos. Ao final, apaguei a luz e deitei-me na rede. Adormeci rapidamente.

SOBRE A TRIBO DE BESTAS

Acordei cedo, e comigo também despertaram as minhas memórias sobre a noite anterior. Desci da rede e fui até a porta para garantir que a chave estava devidamente virada. Depois, caminhei até a janela para verificar a barra de trava, a qual estava firmemente posicionada. O fato de que as criaturas eram, na realidade, meras figuras grotescas travestidas de homens me enchia de incertezas sobre o que seriam capazes de fazer, um sentimento ainda pior do que o medo trivial.

Ouvi uma batida à porta e o sotaque nojento de M'ling. Coloquei um dos revólveres no bolso enquanto o encobria com uma das mãos, e abri a porta.

– Bom dia, *saenhor* – falou, enquanto trazia um coelho malcozido e o habitual café da manhã. Montgomery vinha logo atrás. Seus olhos rápidos logo perceberam a posição do meu braço, e então esboçou um sorriso superficial.

A puma descansaria durante todo o dia para que suas incisões cicatrizassem. Moreau preferiu ficar sozinho. Conversei com Montgomery para clarificar algumas ideias sobre a tribo de bestas e como eles viviam. Eu tinha urgência em saber como aqueles seres inumanos eram

A ILHA DO DOUTOR MOREAU

mantidos longe de Moreau e Montgomery e como não se digladiavam. Ele explicou que a segurança dos dois tinha a ver com a limitação mental dos animais. Apesar da inteligência aumentada e das tendências de recaídas de seus instintos animais, eles possuíam ideias fixas em suas mentes, implantadas por Moreau, que lhes cortavam as asas da imaginação. Eles eram hipnotizados; Moreau contava a eles que certas coisas eram impossíveis e que outras tantas estavam proibidas. Essas ideias fixas foram absorvidas pelos tecidos de suas mentes, aniquilando qualquer chance de desobediência ou revolta.

Alguns assuntos, no entanto, que eram contrários à conveniência de Moreau, eram menos favoráveis. Uma série de proposições chamadas de Lei (a qual eu já conhecia e recitara com eles) colidiam com as suas naturezas animais mais intrínsecas. Essa Lei, que eles não paravam de repetir, parecia frágil. Por isso, Montgomery e Moreau prestavam a ajuda necessária para que as bestas permanecessem ignorantes sobre o sabor do sangue, já que os dois tinham medo das inevitáveis sugestões que tal sabor ofereceria.

Montgomery disse que a Lei, especialmente entre as bestas felinas, se enfraquecia durante a noite, momento em que o animal estava em sua melhor forma e o espírito aventureiro despertava. Nesse período, eles tentavam fazer coisas que não haviam passado por suas mentes durante o dia. Lembrei-me então da minha primeira noite na ilha em que fui acossado pelo homem-leopardo. Mas, nos primeiros dias da minha estadia, eles apenas infringiram a Lei durante a noite, e furtivamente. Durante as manhãs, a atmosfera era de obediência às proibições.

Nesse sentido, preciso fornecer mais fatos sobre a ilha e a tribo de bestas. Este lugar, de demarcações irregulares e banhado pelo mar, tinha uma área total, creio, de onze ou doze quilômetros quadrados[16]. Era originalmente uma ilha vulcânica e tinha um recife de corais em três de seus lados, algumas fumarolas ao Norte e uma primavera bastante

---
[16] A descrição corresponde, em todos os aspectos, à Ilha Nobre. (N.T.)

quente, tais eram os vestígios das forças vulcânicas que a originaram. Vez em quando, um tremor ou outro tornava as correntes um pouco mais fortes, mas nada além disso. A população da ilha, conforme me informara, totaliza pouco mais de sessenta criaturas derivadas da arte de Moreau, sem contar as pequenas monstruosidades que viviam em meio à vegetação rasteira e não possuíam forma humana. Ao todo, ele havia criado aproximadamente cento e vinte criaturas, mas muitas haviam sucumbido e outras, como a Coisa sem Pé, tiveram fins atrozes. Em resposta à minha pergunta, Montgomery disse que eles tiveram filhotes, mas que a grande maioria morreu. Quando sobreviviam, Moreau dava-lhes forma humana. Não havia, no entanto, qualquer evidência da hereditariedade das suas características humanas adquiridas. Havia muito menos fêmeas do que machos e elas eram sujeitas a muitos dos comportamentos furtivos, embora a Lei determinasse a monogamia.

Era impossível descrever as bestas com riqueza de detalhes; meus olhos nunca haviam sido treinados para isso e, infelizmente, não sei desenhar. O que mais me aturdia era, talvez, a desproporção entre as pernas e o comprimento de seus corpos. É tão relativa a nossa ideia de graça; meu olho, por exemplo, se habituou a avaliar as formas de tal maneira que comecei a achar as minhas pernas um pouco desarmônicas. Outra questão era a cabeça caída para a frente e a desajeitada e inumana curvatura da espinha dorsal. Até mesmo o símio parecia ser desprovido da curvatura sinuosa que torna os humanos tão graciosos. A maioria deles tinha os ombros projetados para a frente e o antebraço curto balançava ligeiramente dos lados. Poucos eram notadamente peludos, pelo menos assim o foi até os meus últimos dias na ilha.

A próxima deformidade evidente estava em seus rostos. A grande maioria era prognata, tinha deformações nas orelhas, nariz grande e deformado, muitos pelos arrepiados e olhos de cores incomuns e estranhamente posicionados. Nenhum deles era capaz de rir, embora o símio falasse de maneira engraçada. Além dessas principais características, suas cabeças tinham pouco em comum, cada um

A ILHA DO DOUTOR MOREAU

preservava os traços de sua espécie originária: a característica humana era distorcida, mas não impossibilitava a identificação da espécie. As vozes também variavam muito, e as mãos eram quase sempre disformes e, apesar de alguns deles me surpreenderem por sua inesperada aparência humana, a grande maioria era desprovida de alguns dedos e unhas, e os poucos exemplares que lhes restavam eram estranhos e insensíveis ao tato.

Os dois animais humanizados mais formidáveis que conheci foram o homem-leopardo e a hiena-suína. Maiores que eles só restavam os três homens-bovinos que estavam no barco. Também não posso deixar de mencionar M'ling, o grisalho que ditava as Leis, bem como a criatura que lembrava um sátiro, uma mistura de símio e bode. Havia três homens-suínos e uma mulher-suína, um rinoceronte-equino e várias outras fêmeas cujas espécies originárias não pude identificar com precisão. Havia diversos lobos, ursos-bovinos e um homem-São Bernardo. Embora já tenha descrito o símio, havia uma raposa sênior com características de urso cujo odor era tão detestável (dos diabos!) que a odiei desde o início. Ela era uma adepta fervorosa da Lei. Dentre as outras criaturas menores, estavam algumas sarapintadas e a minha pequena preguiça. Enfim, creio que o catálogo está quase completo.

Primeiramente, senti um medo terrível das criaturas, tinha curiosidade por serem homens brutos, mas comecei a adaptar-me com a ideia e, ao final, fui tomado pela mesma atitude de Montgomery em relação a elas. Ele estava cercado pelas criaturas há tanto tempo que chegava a considerá-las seres humanos normais. O tempo que passara na Inglaterra lhe parecia glorioso e irrevogável. Apenas uma vez ao ano, aproximadamente, viajava até Arica para lidar com o agente de Moreau, um contrabandista de animais. Ele sequer havia encontrado um homem de classe na vila marítima repleta de espanhóis mestiços. O homem que estava a bordo do navio parecia tão estranho para ele quanto o homem-besta parecia a mim: pernas estranhamente compridas, rosto amassado, testa proeminente, ar suspeitoso, perigoso e frio.

De fato, ele não gostava de homens: seu coração tinha se acalentado por mim, segundo Montgomery, porque havia me salvado. Acho até que tinha certo carinho furtivo por alguns desses brutos metamorfoseados, uma empatia perversa em relação a alguns de seus modos, mas que ele tentava disfarçar a qualquer custo.

M'ling, aquele sujeito de feições sinistras, o assistente de Montgomery, o primeiro homem-besta que eu havia encontrado, não vivia com os outros do outro lado da ilha, mas em um canil nos fundos do alojamento. Ele não era tão inteligente quanto o símio, mas era muito mais dócil e o que mais se parecia com um homem. Montgomery o havia treinado para cozinhar e fazer trabalhos domésticos simples. Ele era um troféu da habilidade horripilante de Moreau. Era um urso com traços de cachorro e boi e uma das criaturas mais complexas e elaboradas já feitas por Moreau. Ele estranhamente tratava o doutor com gentileza e devoção. Às vezes, Moreau percebia, dava-lhe tapinhas, zombava e ridicularizava a criatura, destratava-o e pregava peças nele, especialmente depois de umas doses de uísque. Ele o chutava, batia, atirava pedras e o queimava superficialmente. No entanto, a besta parecia adorar estar perto dele.

Habituei-me à tribo de bestas. Tudo o que me repelia e parecia inumano, de repente, tornou-se natural para mim. Creio que todo ser vivo absorve um pouco de seus arredores. Montgomery e Moreau eram peculiares e egoístas demais para manterem uma impressão geral de humanidade bem definida. Eu observava uma das criaturas bovinas que trabalhavam no barco esmigalhando a plantação rasteira e, então, pensava, tentava lembrar com muito esforço em quais aspectos eles diferiam das criaturas da ilha que estavam encarregadas dos trabalhos manuais. Encontrava a traiçoeira raposa-ursina, instável, estranhamente humana em sua habilidade especulativa e punha-me a imaginar se eu já havia encontrado algo assim em alguma cidade pela qual passei.

No entanto, frequentemente, a criatura me causava dúvida ou negação. Um homem feioso, um selvagem aparentemente, agachava-se na entrada de uma das grutas, esticava os braços e bocejava, mostrando repentinamente seus dentes incisivos dilacerantes, bem como os caninos de sabre, ávidos e brilhantes como lâminas. Em caminhos estreitos, ao olhar nos olhos de alguma figura feminina, pequena e enfaixada, via, de repente (com um ímpeto espasmódico), que ela tinha pupilas parecidas com fendas ou, ao olhar para baixo, apercebia-me da unha com a qual ela segurava uma coberta sem formato definido ao redor do corpo. É curioso, aliás, que as fêmeas, embora eu mal possa relatar, possuíam um tipo de noção sobre suas próprias naturezas repulsivas e desajeitadas, e, portanto, demonstravam uma atenção mais do que humana pela decência e pelos modos em geral.

O SABOR DO SANGUE

Sendo a minha falta de experiência como escritor traiçoeira, acabei perdendo a linha de raciocínio da minha história.

Depois do café da manhã com Montgomery, ele me levou ao outro lado da ilha para que eu visse a fumarola e a fonte de água quente dentro da qual mergulhara no dia anterior. Carregávamos, os dois, chicotes e revólveres. Enquanto passeávamos por uma selva bastante densa, escutamos um coelho grunhir. Paramos e ouvimos com atenção, mas o coelho não emitiu mais nenhum ruído. Continuamos sem registrar o ocorrido na memória. Montgomery me advertiu sobre a existência de pequenos animais rosados com grandes pernas traseiras que pulavam no meio da vegetação. Disse que haviam sido criados a partir dos filhotes das bestas concebidas por Moreau. Ele imaginava que esses animais poderiam ser ingeridos, mas ingerir os filhotes de animais criados por eles mesmos estava fora de cogitação. Eu já havia encontrado algumas dessas criaturas; a primeira vez, enquanto fugia do homem-leopardo sob a luz da Lua, e a segunda vez, durante a perseguição de Moreau, no dia anterior. Em dado momento, uma dessas criaturas pulou em um buraco provocado pelo desenraizamento de uma árvore durante uma ventania. Antes que

A Ilha do Doutor Moreau

adentrasse o buraco por inteiro, conseguimos segurá-la. Ela se remexeu feito um gato e chicoteou as pernas traseiras para trás com todo o vigor, além de tentar morder-nos, mas seus dentes eram tão frágeis que a mordida se assemelhou a um belisco. Pareceu até uma criaturinha graciosa, e conforme Montgomery afirmou que elas não se enterravam na relva e eram muito educadas, imaginei que seriam excelentes substitutas aos coelhos, comuns nos gramados de nobres senhores ingleses.

No caminho, também nos deparamos com o tronco de uma árvore cavada em faixas e profundamente arranhado. Montgomery relembrou a Lei:

– Não arranhar o casco das árvores, esta é a Lei... a maioria deles obedece – falou.

Foi logo depois disso que encontramos o sátiro e o símio. O sátiro tinha muito de Moreau. Sua voz era bastante trêmula, como a de uma cabra, suas extremidades inferiores eram satânicas. Ele estava roendo a casca de uma leguminosa quando passou por nós. Os dois cumprimentaram Montgomery.

– Olá – disseram –, outro com o chicote!

– Agora tem um terceiro com um chicote – disse Montgomery. – É melhor vocês ficarem atentos.

– Não foi ele criado como nós? – perguntou o símio. – Ele disse... ele disse que foi criado.

O sátiro olhou curioso em minha direção.

– Terceiro com chicote, aquele que chora em direção à praia e tem o rosto pálido e fino.

– Ele tem um chicote longo e fino também – comentou Montgomery.

– Ontem ele sangrou e chorou – disse o sátiro. Você não sangra nem chora. O mestre também não.

– Ollerdorffian bisbilhoteiro, você é quem vai sangrar e chorar se não se controlar! – disse Montgomery.

– Ele tem cinco dedos, ele é como eu – disse o símio.

– Venha, Prendick – disse Montgomery enquanto me puxava pelo braço.

O sátiro e o símio permaneceram nos observando e fazendo outros comentários enquanto caminhávamos.

– Ele não diz nada – disse o sátiro. Homens têm vozes.

– Ontem, ele me pediu comida – disse o símio. – Ele não sabia.

Depois, continuaram conversando em um tom de voz inaudível, e apenas ouvi o sátiro rir.

Na volta, nos deparamos com um coelho morto. O corpo avermelhado da pequenina besta havia sido dilacerado, as costelas apareciam e a coluna vertebral estava claramente roída. Quando Montgomery viu a cena, exclamou:

– Deus do céu! – enquanto coletava uma das vértebras destroçadas para sua análise. – Deus do céu! – repetiu. – O que significa isso?

– Algum carnívoro lembrou-se dos velhos hábitos – falei, após uma pausa. – Esta vértebra foi mordida por inteiro.

Ele permaneceu imóvel, pálido e com o lábio inferior torto.

– Não gosto disso – falou pausadamente.

– Vi algo parecido no meu primeiro dia aqui – falei.

– Não creio! O que era?

– Era um coelho cuja cabeça havia sido arrancada.

– No dia em que chegou aqui?

– Sim. No dia em que cheguei aqui... estava em meio à vegetação rasteira, atrás do alojamento. Fui explorar a ilha no fim da tarde. A cabeça havia sido completamente torcida.

Ele deu um assovio longo.

– Aliás, tenho uma ideia de qual dos seus brutamontes fez isso. É apenas uma suspeita. Antes de encontrar o coelho, vi um dos seus monstrengos bebendo água do rio.

– Sugando com os lábios? – perguntou.

– Exato.

– "Não sugar água, esta é a Lei." Muitos brutos se importam com a Lei, não é mesmo? Mas quando Moreau não está por perto, as coisas são diferentes.

– Foi a besta que me perseguiu.

A ILHA DO DOUTOR MOREAU

– Claro que foi – disse Montgomery. – É o mesmo com carnívoros. Depois de matar, bebem água como animais, sugando com os lábios. É o gosto do sangue. Como ele era? Você o reconheceria? – ele olhou ao redor. Estava atrás do corpo do coelho, seus olhos corriam pelas sombras e arbustos, procurando lugares ocultos e emboscadas. – É o gosto de sangue – repetiu.

Ele apanhou o revólver, examinou os cartuchos e os substituiu. Depois, começou a remexer o lábio.

– Creio que reconheceria a besta – respondi. – Eu o analisei. Ele tem um belo hematoma na testa.

– Mas teremos de provar que ele matou o coelho de fato – falou Montgomery. – Eu nunca deveria ter trazido as bestas para cá.

Eu ia continuar, mas ele estava intrigado com o mistério do coelho decapitado. Então, fui até o local onde os restos mortais do primeiro coelho haviam sido escondidos.

– Venha – chamei Montgomery.

Ele saiu do transe momentâneo e me seguiu.

– Veja – disse ele em um tom demasiadamente baixo. – Eles deveriam ter uma ideia fixa sobre comer coisas que correm sobre o solo. Se algum deles tiver experimentado o gosto de sangue por acidente...

Continuamos caminhando em silêncio.

– Imagino o que pode ter ocorrido – ele disse.

E depois de uma pausa, falou:

– Fiz uma tolice outro dia: mostrei ao meu assistente como escalpelar e cozinhar coelho. Foi estranho, vi que estava lambendo as mãos, mas nunca pensei... Precisamos cortar o mal pela raiz e contar a Moreau.

Ele não pensava em mais nada no caminho de volta ao alojamento. Moreau considerou o caso de extrema gravidade e nem preciso dizer que fui afetado pela evidente consternação dos dois.

– Precisamos usar o caso como exemplo de má conduta – disse Moreau. – Não tenho dúvidas de que o homem-leopardo é o culpado. Mas como provaremos? Eu gostaria que você tivesse controlado o seu desejo por carne e nos poupado dessa dor de cabeça. Pode ser que eles já estejam fora de controle.

95

– Fui um idiota – disse Montgomery. – Mas agora é passado e você mesmo disse que deveria tê-los por perto.

– Precisamos resolver de uma vez por todas – disse Moreau. – Imagino que, se algo acontecer, M'ling conseguirá proteger-se, correto?

– Não tenho tanta certeza com relação a M'ling – disse Montgomery. – Eu deveria conhecê-lo melhor.

Durante a tarde, Moreau, Montgomery, eu e M'ling atravessamos a ilha até as cabanas, na encosta. Nós três estávamos armados. M'ling carregava bobinas de ferro e um pequeno machado com o qual cortava lenha. Moreau carregava um enorme berrante pendurado no ombro.

– Você está prestes a ver as bestas se aglomerarem rapidinho – disse Montgomery. – É uma visão linda.

Moreau não pronunciou uma palavra no caminho, mas sua expressão era pesada e assustadora.

Atravessamos a encosta, que emanava fumaça por causa da água quente, e seguimos pelo caminho sinuoso, entre os taquarais, até que chegamos a uma área bastante grande e coberta com uma substância amarelo-atalcada, a qual creio que fosse enxofre. Por cima de um amontoado de ervas daninhas, víamos o mar brilhar. Entramos em uma espécie de anfiteatro natural, onde nós quatro paramos. Moreau pegou o berrante e o soou, quebrando o silêncio da tranquilidade daquela tarde tropical. Ele devia ter pulmões bastante desenvolvidos. O berrante cantou alto ao ponto de ecoar e depois o som se transformou em uma espécie de apito, de tão penetrante.

– Ah! – exclamou Moreau enquanto descansava o instrumento ao seu lado.

Imediatamente, as bestas vieram passando por cima da plantação de cana. Suas vozes ressoavam de dentro da mata densa, fazendo o caminho que eu havia percorrido dias atrás. Em seguida, em três ou quatro pontos da área sulfurosa, apareceram as criaturas grotescas, correndo em nossa direção. Eu não podia evitar o sentimento de pavor assim que percebi, uma a uma, as criaturas trotarem pelas árvores ou pelo bambuzal, balançando tudo o que estava pela frente, em meio a uma poeira

A ILHA DO DOUTOR MOREAU

que parecia quente. Moreau e Montgomery estavam calmos. Mantive-
-me ao lado dos dois.

O primeiro a chegar foi o sátiro, estranhamente irreal dada a proje-
ção de sua sombra, tirando a poeira de si a tapas. Depois dele, vinha um
brutamontes, um rinoceronte-equino, mascando algo que parecia
um graveto. Depois, apareceram a mulher-suína e duas mulheres-lobos,
em seguida, a raposa-ursina, com olhos vermelhos e focinho pontudo,
e os demais vieram logo atrás, todos correndo feito loucos. Conforme
se aproximavam, se curvavam na direção de Moreau e cantavam, sem
muita sincronia, fragmentos da segunda parte da liturgia da Lei: "Dele é
a mão que machuca; Dele é a mão que cura", e assim por diante. Assim
que se aproximaram a pouco mais de vinte e cinco metros, pararam,
ajoelharam-se com os cotovelos no chão e começaram a atirar poeira
sobre suas próprias cabeças.

Tente imaginar esta cena. Três homens vestidos de azul, com um
assistente sinistro, parados em meio a uma poeira amarelada e reluzente sob um céu azul e flamejante, cercados por tais monstruosidades
que gesticulavam e agachavam; algumas daquelas figuras eram praticamente humanas, exceto por algumas sutis expressões e gestos; alguns
pareciam aleijados, outros eram disformes como se viessem de um
sonho. Adiante, as linhas altas e finas das canas de um lado, um emaranhado denso de palmeiras do outro lado, separando-nos da encosta
com as cabanas, e, ao Norte, o horizonte turvo do Oceano Pacífico.

– Sessenta e dois, sessenta e três – contou Moreau. – Estão faltando
mais quatro.

– Não vejo o homem-leopardo – comentei.

Moreau ressoou o berrante novamente. As bestas se retorceram e
rastejaram no solo empoeirado. Então, esgueirando-se pela plantação
de cana, apareceu o homem-leopardo, curvando-se ao chão e tentando
juntar-se ao círculo, atrás de Moreau. O último a chegar foi o símio. Os
animais todos, cansados e esbaforidos com toda a humilhação, fitaram
os dois de maneira cruel.

– Chega! – disse Moreau com sua voz alta e imponente, e as bestas
sentaram-se e pararam com o ritual de louvor.

– Onde está o Orador? – perguntou Moreau. E o monstrengo acinzentado fez um sinal com a cabeça em meio à nuvem de poeira.

– Diga as palavras! – disse Moreau.

Seguindo ainda todos ajoelhados, eles balançavam para os lados e jogavam o enxofre para o alto com suas mãos, primeiro com a direita, um sopro, e depois com a esquerda. Na sequência, entoaram os cânticos de sua estranha liturgia. Quando chegaram à frase "Não comer carne ou peixe, esta é a Lei", Moreau interrompeu em um único gesto, com sua mão pálida erguida para o alto.

– Parem! – gritou e o silêncio ecoou na floresta.

Acho que todos conheciam e temiam aquele momento. Olhei ao redor para suas faces. Quando vi o tremor e o medo nos olhos das criaturas, pensei sobre sua semelhança com os homens.

– Esta Lei foi infringida – disse Moreau.

Então, a criatura dos pelos prateados falou:

– Ninguém escapa.

Em seguida, repetiram as criaturas ajoelhadas:

– Ninguém escapa.

– Quem foi? – gritou Moreau e olhou no rosto de cada criatura, estalando o chicote. A hiena-suína parecia desalentada nesse momento, assim como o homem-leopardo. Moreau parou, olhou nos olhos da criatura, que se curvou toda, visivelmente atormentada.

– Quem foi? – repetiu Moreau, com a voz estremecendo como um trovão.

– Mau é aquele que infringe a Lei – cantou o Orador.

Moreau olhou nos olhos do homem-leopardo, parecendo arrancar a alma da criatura.

– Aquele que infringe a Lei... – disse Moreau, tirando os olhos de sua vítima e voltando-os a nós três (parecia que sua voz estava um tanto exultada).

– Volta para a Casa da Dor – clamaram todos. – Volta para a Casa da Dor, ó, Mestre!

– Volta para a Casa da Dor, volta para a Casa da Dor – tagarelou o símio como se a ideia lhe parecesse agradável.

– Vocês ouviram? – perguntou Moreau, e voltando os olhos ao suspeito, disse: – Olá, meu amigo!

O homem-leopardo, liberto do julgamento de Moreau, levantou-se com os olhos em chamas e os caninos reluzentes e pontiagudos e atacou quem lhe atormentava. Estou certo de que apenas a loucura do medo desmedido lhe faria atacar. O círculo de monstros pareceu levitar sobre nós. Saquei meu revólver. As duas figuras colidiram. Vi Moreau proteger-se da fúria do homem-leopardo. Ouvíamos gritos e uivos ao nosso redor. Todos se moveram rapidamente e, por um momento, achei que aquilo se tornaria uma revolta generalizada. O rosto enfurecido do homem-leopardo ficou gravado em minha memória, enquanto M'ling corria em sua captura. Vi os olhos da hiena-suína brilharem ao ver o circo pegar fogo, e seu rosto, olhando em minha direção, parcialmente preparada para atacar. O sátiro também me encarava enquanto a hiena-suína caminhava em minha direção com os ombros levantados, em posição de ataque. De repente, ouvi o estalo da pistola de Moreau e uma carne rosada flutuar em meio ao tumulto. O magnetismo da bala pareceu reverberar na multidão de bestas, e em mim também. No momento seguinte, eu estava correndo, tentando fugir do homem-leopardo.

Isso é tudo o que posso relatar com precisão. Vi o homem-leopardo atacar Moreau e depois tudo girou e eu já estava correndo. M'ling estava à frente, mais próximo do fugitivo. Atrás de mim, com as línguas dançando conforme corriam, estavam as mulheres-lobo, dando grandes passos. Em seguida, vieram os suínos, grunhindo de entusiasmo, e os dois homens-bovinos enfaixados. Por último, vinha Moreau, em meio ao grupo de bestas, seu chapéu de grandes abas se movimentava com o vento, o revólver estava empunhado e alguns fios de cabelo esvoaçavam fora do chapéu. A hiena-suína corria ao meu lado, mantendo o ritmo e olhando furtivamente para mim com seus olhos felinos. Os outros vinham correndo e gritando atrás de nós.

O homem-leopardo embrenhou-se pela plantação de cana, alguns galhos balançaram quando a besta passou e voltaram no movimento contrário diretamente na face de M'ling. Nós, os retardatários, encontramos um caminho completamente espezinhado quando chegamos à plantação rasteira. A perseguição continuou até aproximadamente duzentos e cinquenta metros e terminou em um matagal que impediu nossos movimentos: frondes resvalando em nossas faces, trepadeiras pegajosas engalfinhavam-se abaixo de nossos queixos ou nos nossos tornozelos, plantas espinhosas nos furavam e rasgavam nossas roupas.

– Ele fugiu em quatro patas – disse Moreau, ainda ofegante, à minha frente.

– Ninguém escapa – disse o lobo-ursino, rindo-se da minha cara de esbaforido. Embrenhamo-nos novamente em meio às pedras e vimos o infrator da Lei correr suavemente sobre as quatro patas e rosnar em nossa direção. Em contrapartida, a população de lobos uivou com deleite. A Coisa ainda estava vestida com roupas e, a distância, seu rosto ainda parecia humano. No entanto, a maneira como movia as pernas era felina e a inclinação dos ombros era, sem sombra de dúvidas, de um animal caçador. Ela pulou por cima de alguns arbustos de flores amarelas espinhosas e se escondeu. M'ling estava a meio caminho do lugar.

A maioria de nós não conseguiu manter a velocidade da perseguição, e, portanto, começamos a caminhar a passos largos em vez de correr. Conforme fazíamos a travessia da mata aberta, vi que a perseguição estava se espalhando: de uma coluna, pareciam formar uma linha.

A hiena-suína ainda estava páreo comigo, me observando enquanto eu corria; vez ou outra, franzia o focinho em uma mistura de risada e rosnado. À beira do pedregulho, o homem-leopardo, tendo percebido que estava indo em direção do desfiladeiro no qual havia me perseguido na noite da minha chegada, virou na direção da vegetação, mas Montgomery percebeu sua manobra e virou também. Então, ofegante, tropeçando nos obstáculos, esfarrapado pelos espinheiros e impedido pelas samambaias e bambus, ajudei a perseguir o homem-leopardo. A hiena-suína, rindo como uma selvagem, permanecia ao meu lado. Continuei cambaleante, a cabeça balançando e o coração acelerado batendo nas minhas costelas. Eu estava morto de cansaço, mas não ousava perder a perseguição de vista, principalmente com uma companhia

A Ilha do Doutor Moreau

péssima daquelas. Continuei, apesar da fadiga imensa em meio ao calor daquela tarde tropical.

Ao final, a fúria da caça terminou com a infratora encurralada em um canto da ilha. Moreau, munido de seu chicote, nos ordenou que fizéssemos uma fila irregular e prosseguimos lentamente, gritando uns para os outros conforme nos aproximávamos e apertávamos o perímetro de captura da nossa vítima. Ela, por sua vez, espreitava sem emitir qualquer som ou sem que pudesse ser vista em meio aos arbustos.

– Quietinho! – gritou Moreau –, quietinho! – repetiu em um tom ameaçador segundos antes de enlaçar a besta em meio ao matagal.

– Que corrida – ouvi Montgomery dizer de trás do matagal.

Eu estava na encosta, acima dos arbustos. Montgomery e Moreau corriam pela orla da praia, logo abaixo. Lentamente nos enveredamos pela teia de galhos e folhas. A presa estava em silêncio.

– De volta à Casa da Dor, à Casa da Dor, à Casa da Dor! – gritava o símio, a pouco mais de quinze metros de distância, à direita.

Quando ouvi aquilo, logo perdoei a pobre vítima do medo que outrora havia me causado. Ouvi os galhos e ramos balançarem para os lados antes que o rinoceronte-equino passasse correndo à direita. Depois, através de um polígono verde, na meia-luz daquela tarde, vi a criatura que caçávamos. Parei. Ele estava encolhido em um espaço minúsculo, seus olhos brilhavam em minha direção.

Pode soar como uma grande contradição, a qual não consigo explicar, mas, naquele momento, olhando para a criatura com instintos animais, com a luz refletindo em seus olhos e uma feição humana imperfeita e distorcida pelo medo, notei novamente a sua humanidade. No instante seguinte, outros animais que o perseguiam o viram, contiveram e capturaram. Ele seria mais uma vez torturado dentro da Casa da Dor. Subitamente, peguei meu revólver, mirei no meio de seus olhos tomados pelo medo e atirei. Assim que o fiz, a hiena-suína se atirou sobre ele e começou a chorar, abocanhando seu pescoço com dentes sedentos. O matagal balançava e quebrava conforme as bestas caminhavam. Os rostos apareceram um a um.

– Não mate a criatura, Prendick! – gritou Moreau. – Não faça isso! – e o vi paralisar assim que afastou as frondes das plantas.

No instante seguinte, ele espantou a hiena com o cabo de seu chicote enquanto Montgomery e ele afastavam os outros animais carnívoros, especialmente M'ling, do cadáver ainda quente. A criatura cinzenta chorou em meus braços. Os outros animais, em estado de fervor, me empurravam para ver a cena.

– Que vergonha, Prendick! – disse Moreau. – Eu o queria vivo.

– Desculpe, fui tomado pelo impulso do momento – falei. Eu sentia nojo e agitação ao mesmo tempo.

Ao virar-me, afastei-me da multidão de bestas e caminhei sozinho acima da encosta, em direção à parte mais alta do promontório. Conforme as orientações gritadas por Moreau, os homens-bovinos enfaixados carregaram a vítima até o oceano. Parecia fácil estar sozinho depois do que ocorrera. As bestas manifestaram tanta curiosidade pelo cadáver que o seguiram, em um grupo grande, chorando e uivando conforme seu corpo era levado pela água. Fiquei no promontório, observando os homens-bovinos, enegrecidos pelo céu da noite enquanto carregavam o corpo, e como uma onda quebrando em minha mente, veio o discernimento a respeito da inconcebível falta de sentido em tudo aquilo que ocorria na ilha.

Na praia, em meio aos pedregulhos, estavam o símio, a hiena-suína e diversas outras bestas em pé, ao lado de Moreau e Montgomery. Eles ainda estavam agitados. Suas emoções transbordavam enquanto recitavam a Lei suprema, mas eu estava convicto de que a hiena-suína estava envolvida no assassinato do coelho. Uma estranha certeza veio a mim: exceto pelos traços rústicos e pelas formas grotescas, eu acabava de observar um contrapeso da vida humana em miniatura, toda a questão da relação com os instintos, a razão e o destino foram demonstrados da forma mais simples possível. O homem-leopardo perdera a consciência humana, esse foi o problema. Pobre criatura!

Pobres criaturas! Comecei a enxergar o lado mais vil e cruel de Moreau. Eu ainda não havia me apercebido dos aspectos da dor e

A Ilha do Doutor Moreau

do sofrimento infligidos a essas infelizes vítimas depois de passarem pelas mãos de Moreau. Temi durante os dias de tormento no alojamento, mas isso era o de menos. Antes, eram bestas, seus instintos se adaptaram aos arredores e a tudo o que parecia lhes alegrar como seres. Mas foram aprisionados pela humanidade, viviam constantemente aterrorizados, preocupavam-se com uma lei que não entendiam. Suas existências humanas eram falsificadas, sentiam agonia em um esforço interno sem fim, além do medo imensurável de Moreau, e por quê? Era a arbitrariedade de tudo aquilo que me consumia por dentro.

Se Moreau tivesse um motivo inteligível, talvez o entendesse. Não sou tão escrupuloso assim com relação à dor. Eu o teria perdoado se o motivo dele tivesse sido apenas ódio. Mas ele era tão irresponsável, tão negligente! A curiosidade dele, suas investigações doentias e sem sentido o impulsionavam, e as criaturas eram fadadas a viver mais um ou dois anos apenas, viviam uma subvida de medo e sofrimento e, ao final, morriam torturadas. Elas eram profundamente miseráveis por dentro, a raiva animal que sentiam perturbava uns aos outros, a Lei não perdoava qualquer ímpeto e os impedia de dar um final digno a suas vidas.

Naqueles dias, o medo que sentia pelas bestas migrou para a figura inescrupulosa de Moreau. Caí em um estado de morbidez profunda e persistente, completamente avesso à dor, o que resultou em cicatrizes permanentes em minha mente. Confesso que perdi a fé na sanidade do mundo quando me dei conta dos distúrbios e do sofrimento vividos naquela ilha. Um destino cego, um mecanismo impiedoso, parecia cortar e moldar o tecido da existência. Eu, Moreau (e sua paixão pela pesquisa), Montgomery (e sua paixão pelo álcool) e a tribo de bestas com seus instintos e restrições mentais, estávamos todos, cruel e inevitavelmente, revirados e triturados, em meio à infinita complexidade daquele mecanismo de rodas incansáveis. Mas essa condição não nos acometeu de uma única vez: acho que, na verdade, me antecipei um pouco ao falar sobre ela.

UMA CATÁSTROFE

Seis semanas haviam se passado até que perdi todo o respeito pelo experimento infame de Moreau. Os únicos sentimentos que me restavam eram desgosto e repúdio. A minha única ideia era fugir daquela ilha povoada por caricaturas horríveis à imagem e semelhança de seu Criador, e voltar para os homens de relações tranquilas e saudáveis. Em contrapartida, os meus colegas monstrengos, dos quais eu estava afastado há algum tempo, passaram a me considerar um homem idilicamente belo e virtuoso. A minha amizade com Montgomery não evoluiu. Seu afastamento da civilização, seu vício em álcool e sua evidente compaixão pelas bestas mancharam a imagem que eu havia construído a respeito dele. Muitas vezes, eu o deixava em meio às bestas, já não me misturava em hipótese alguma. Passei cada vez mais tempo acima da praia, buscando avistar alguma embarcação que pudesse me libertar daquele aprisionamento, mas ela nunca aparecia, até que, certo dia, um desastre terrível acometeu a ilha e mudou a minha visão sobre meus estranhos arredores.

Embora não estivesse realmente contando, sete ou oito semanas haviam se passado desde o meu desembarque na ilha (talvez um pouco mais) quando a catástrofe ocorreu. Aconteceu no raiar do dia, creio que por volta das seis horas da manhã. Eu havia acordado e desjejuado mais cedo por causa da barulheira feita pelas bestas, que carregavam lenha para o alojamento.

Após o café da manhã, fui à entrada do alojamento, acendi um cigarro e desfrutei do frescor da manhã. Moreau apareceu de canto e acenou. Ele passou por mim e eu o ouvi destrancar a porta de seu laboratório maquiavélico, atrás de mim. Minhas emoções estavam tão endurecidas por tamanha abominação que ouvi a puma ser torturada sem um pingo de comoção.

De repente, algo ocorreu, até hoje não sei bem o que foi. Ouvi um gemido agudo, uma concussão e vi um rosto horrível correr em minha direção. A coisa não era humana, tampouco um animal, tinha uma aparência demoníaca, era marrom, tinha cicatrizes vermelhas de arranhaduras e sangue corria por elas. Seus olhos não tinham pálpebras e pareciam estar em chamas. Lancei o braço de modo a proteger-me do golpe, no entanto, minha tentativa resultou-se ineficaz e me rendeu uma fratura. O monstro, trêmulo e ainda coberto de curativos ensanguentados, pulou sobre mim e fugiu. Rolei pela praia, tentei sentar-me, mas caí sobre meu braço quebrado. Em seguida, Moreau apareceu, com a feição mais sanguinária do que a gota que escorria por sua testa. Ele segurava um revólver. Viu meu estado, mas disparou atrás da puma.

Tentei sentar-me do outro lado. A figura enfaixada corria a passos largos pela orla da praia e Moreau a seguia. Ela olhou para trás, viu Moreau e aumentou a velocidade, embrenhando-se nos arbustos. A puma ficava mais veloz a cada passo. Moreau, bastante ofegante, corria para interceptá-la, atirou em sua direção, mas ela havia desaparecido de seu campo de visão. Ele também sumiu em meio à confusão de arbustos. Eu ainda os observava quando meu braço ardeu de dor e, com um gemido, fiquei em pé, cambaleante. Montgomery apareceu na porta, vestido e com o revólver nas mãos.

– Deus do céu, Prendick! – disse, sem ainda se dar conta do meu ferimento. – A fera está solta! Ela se desprendeu das algemas chumbadas na parede! Você a viu?

De repente, pegou em meu braço e perguntou o que havia acontecido.

– Eu estava parado na porta – respondi.

Ele se aproximou e analisou meu braço.

– Tem sangue na manga da sua camisa – comentou enquanto ajeitava a roupa no lugar. Ele guardou a arma no bolso, mexeu no meu braço extremamente dolorido e me guiou para dentro do quarto. – Seu braço está quebrado – concluiu, perguntando, em seguida, como tudo havia ocorrido.

Contei-lhe o que vi em frases tão fragmentadas quanto o meu braço e intervaladas por suspiros de dor. De maneira bastante habilidosa e rápida, ele enfaixou meu braço e o colocou numa tipoia apoiada em meu ombro; então parou e olhou em minha direção.

– Isso vai servir – disse. – E agora?

Ele pensou. Depois, saiu e trancou as portas do alojamento. Ele ficou fora por um tempo.

Eu estava muito preocupado com o meu braço. O incidente parecia mais um dentre milhares de outros. Sentei-me e, devo confessar, xinguei a maldita ilha da maneira mais baixa que pude. O primeiro sinal da fratura havia se tornado uma dor pulsante quando Montgomery reapareceu. Ele parecia pálido e mostrava a gengiva inferior um pouco mais do que o normal.

– Não consigo ver nem ouvi-lo – disse. – Ele pode precisar de ajuda – e me fitou com seus olhos inexpressivos. – A criatura é forte – comentou. – Arrancou as algemas que estavam presas à parede – concluiu. Então, aproximou-se da janela, depois caminhou em direção à porta, virou-se de costas e disse:

– Vou atrás dele. Posso deixar outro revólver com você. Para falar a verdade, estou um pouco nervoso.

A Ilha do Doutor Moreau

Montgomery apanhou a arma, colocou-a sobre a mesa, perto da minha mão, e deixou o quarto com uma sensação de risco iminente. Permaneci em pé por bastante tempo após sua retirada, com o revólver na mão e em vigília na porta.

A manhã parecia assustadoramente calma. Sequer um assovio do vento podia ser ouvido, o mar parecia uma placa imensa de vidro polido, o céu estava limpo e a praia parecia mais deserta do que nunca. A tranquilidade daquele dia era opressora e responsável pelo meu estado de agitação e impaciência. Tentei assoviar, mas o som se dissipou rapidamente. Xinguei novamente, a segunda vez naquela manhã. Depois, fui até o canto do alojamento e olhei na direção dos arbustos que haviam engolido Moreau e Montgomery. Quando eles voltariam, e como o fariam? Em seguida, a uma longa distância na orla da praia, vi a criatura cinza correr até a beira e salpicar a água. Voltei à entrada do alojamento, depois voltei para o canto, andando nervosamente de um lado a outro, como uma sentinela de plantão. Em certo momento, meus ouvidos foram raptados pela voz de Montgomery chamando Moreau. Meu braço me incomodava menos, mas ainda o sentia em chamas. Tive febre e sede e minha sombra diminuíra. Eu observava a figura ao longe até que ela desapareceu. Perguntava-me se Moreau e Montgomery voltariam, enquanto três aves litorâneas brigavam por um objeto encalhado.

A uma longa distância, na direção posterior do alojamento, um tiro de pistola ecoou pelos ares. Um silêncio profundo tomou conta da paisagem, e depois outro tiro. Em seguida, um grito de dor pareceu mais próximo, seguido de um intervalo de silêncio tenebroso. Minha infeliz imaginação se pôs a me atormentar. De repente, outro tiro, ainda mais próximo. Escondi-me em um canto, atônito, e então vi Montgomery, com seu rosto fino, cabelo desgrenhado e com a calça rasgada na altura do joelho. Ele estava imensamente consternado. Atrás dele, vinha M'ling, todo desajeitado e, ao redor de sua mandíbula, havia manchas escurecidas.

– Ele apareceu? – perguntou Montgomery.

– Moreau? – confirmei. – Não.

– Meu Deus! – exclamou Montgomery, quase aos prantos. – Volte para o quarto – falou enquanto me puxava pelo braço. – Eles enlouqueceram. Estão todos correndo feito loucos. O que poderia ter ocorrido? Eu não sei. Direi a você assim que recuperar o fôlego. Onde está o meu uísque, pelo amor de Deus? – perguntou.

Montgomery caminhou até o quarto, mancando, e sentou-se na cadeira. M'ling permaneceu à porta de entrada, ofegante como um cão. Pus-lhe água e uísque. Ele tinha o olhar perdido e ainda se esforçava para recobrar o fôlego. Após alguns minutos, começou a me contar o que havia se passado.

Montgomery seguira os rastros deles por algum motivo. O caminho parecia óbvio, dado o fato de que os arbustos estavam destruídos, havia farrapos da puma rasgados pelo solo e algumas manchas de sangue nas folhas e na grama. No entanto, ele se perdeu pelo caminho rochoso, além do rio (onde eu havia observado a besta bebendo água) e, portanto, começou a vagar para Oeste. M'ling vinha logo atrás dele, carregando uma machadinha, mas não tinha avistado nenhum sinal da puma, pois estava cortando lenha, quando o ouviu chamar por Moreau. Eles começaram a gritar juntos quando duas bestas se aproximaram de cócoras e os observaram. Eles faziam gestos e caminhavam de tal maneira que Montgomery pôs-se alarmado. Acenou para os dois, mas as feras fugiram em uma postura suspeita. Ele parou de gritar e depois de caminhar sem rumo, resolveu fazer uma visita às grutas.

A encosta estava deserta.

Cada vez mais alarmado, começou a seguir os passos deles. De repente, encontrou os dois homens-suínos, que eu havia visto em um tipo de ritual na noite em que cheguei; suas bocas estavam cobertas de sangue e pareciam extremamente agitados. Eles correram na direção de Montgomery, destruindo toda a vegetação, e pararam bem na frente dos dois com olhares sanguinolentos. Ele sacudiu o chicote com

A Ilha do Doutor Moreau

nervosismo e os homens-suínos dispararam em sua direção. Nenhuma besta ousara agir daquela maneira desde que os experimentos de Moreau na ilha começaram. Sendo assim, Montgomery também teve de agir de maneira inédita, atravessando uma bala no crânio de um deles enquanto M'ling pulou em cima do outro. Os dois rolaram em uma luta corporal. M'ling conseguiu ficar por cima e cravou os dentes na glote do adversário, mas Montgomery o acertou também, já que percebeu o esforço do ajudante em combatê-lo. Ele teve um pouco de dificuldade em convencer M'ling a se juntar a ele. Nesse momento, os dois correram ao alojamento, onde eu esperava. No caminho, M'ling desapareceu na mata densa, atraído por uma ferida aberta que vertia sangue no pé de um homem-jaguatirica. A criatura correu um pouco e virou de maneira selvagem na direção da baía. Montgomery atirou nele com certa arbitrariedade.

– O que tudo isso significa? – perguntei.

Ele balançou a cabeça para os lados e virou uma dose farta de uísque de uma única vez.

O PARADEIRO DE MOREAU

Quando vi Montgomery esvaziar a terceira dose de uísque, decidi intervir. Ele já estava bastante embriagado. Falei que algo grave deveria ter ocorrido com Moreau, caso contrário ele já teria voltado. Eu disse que aquilo era o sinal de uma possível catástrofe. Montgomery fez algumas objeções medíocres e, ao final, concordou comigo. Comemos e saímos, os três, atrás de Moreau.

É possível que, pela tensão que eu sentia, o calor e a tranquilidade tropicais daquela tarde ficaram registrados em minha mente. M'ling caminhava na dianteira, seus ombros estavam levantados como os de um felino pronto para o bote, sua cabeça se movia rapidamente ao entreolhar os dois lados de maneira alternada. Dessa vez, ele não estava armado; havia deixado seu machado para trás ao encontrar os homens-suínos momentos antes. Seus dentes eram a sua arma caso tivesse de lutar. Montgomery o seguiu, tropeçando lá e cá, com as mãos nos bolsos, o rosto ligeiramente caído e o olhar soturno em minha direção por conta do "basta" que eu havia dado em sua bebedeira. Meu braço esquerdo estava apoiado em uma tipoia (por sorte, era o esquerdo) e, portanto, carregava a arma na mão direita. De repente, chegamos a um caminho estreito em meio à exuberância da mata selvagem, no sentido Norte. M'ling parou nesse momento e, vigilante, enrijeceu os músculos. Embriagado, Montgomery não se apercebeu e quase tropeçou no próprio assistente, tendo parado bem próximo dele. Depois, ao ouvirmos com atenção, identificamos vozes e passos que vinham do meio da floresta, aproximando-se de nós.

– Ele está morto – disse uma voz profunda e vibrante, quase gutural.

– Ele não está morto, não está! – falou o outro.

– Nós o vimos, nós o vimos – disseram as vozes.

– Olá – gritou Montgomery, de repente. – Olá, quem está aí?

– Renda-se! – falei enquanto segurava a pistola com mais firmeza.

E fez-se o silêncio. Subitamente, ouvimos estrondos no emaranhado de plantas, árvores e arbustos. Um aqui, outro acolá, e, de repente, uma meia dúzia de rostos apareceu. Eram rostos estranhos iluminados por uma luz estranha. M'ling fez um som com a garganta que pareceu um rosnar. Reconheci o símio: eu já o havia identificado por sua inconfundível voz, bem como as duas criaturas marrons e enfaixadas que eu havia conhecido ainda na embarcação do capitão louco. Em sua companhia, também estavam os dois brutamontes sarapintados e o Orador da Lei, cinza e curvado, com os cabelos escondendo a face, duas sobrancelhas grossas e igualmente acinzentadas e *dreadlocks* que pendiam do meio da cabeça até a testa obtusa: um verdadeiro trambolho sem rosto e de olhos vermelhos, que nos fitava com avidez do interior da mata.

Por alguns instantes, ninguém falou. Depois de algum tempo, Montgomery soluçou e logo emendou uma pergunta:

– Quem disse que Moreau estava morto?

O homem-macaco olhou para o trambolho cinza de maneira culposa.

– Ele está morto – disse o monstrengo. – Eles o viram.

Não havia qualquer tom de ameaça naquela demonstração de desapego, de forma alguma. Eles estavam apenas estarrecidos e confusos.

– Onde ele está? – indagou Montgomery.

– Adiante – respondeu a criatura cinza, apontando para a mata.

– A Lei ainda existe? – perguntou o símio. – Ainda é isso e aquilo? Ele está mesmo morto?

– A Lei ainda existe? – repetiu o homem enfaixado. – A Lei ainda existe, vocês com chicote?

– Ele está morto – disse a Coisa cinza. E eles todos permaneceram nos olhando.

– Prendick – falou Montgomery, enquanto virava os olhos em minha direção. – Ele está morto, é evidente.

Eu estava bem atrás dele quando Montgomery fez essa afirmação. Comecei a perceber como as coisas funcionariam com eles. Em um ímpeto, dei um passo à frente de Montgomery e levantei o tom da voz:

– Crianças da Lei! – me dirigi a eles. – Ele não está morto! – afirmei.

M'ling girou os olhos em minha direção.

– Ele apenas se transformou, metamorfoseou-se! – e continuei. – Durante um tempo, vocês não o verão. Mas ele está lá – e apontei na direção do céu –, de onde pode vê-los. No entanto, vocês não podem vê-lo. Obedeçam à Lei! – concluí.

Olhei para eles com atenção e eles recuaram.

– Ele é ótimo, ele é bom – disse o símio olhando com temor na direção do céu.

– E a outra criatura? – inquiri.

– A criatura que fugiu, sangrando e soluçando de dor? Está morta também – disse a criatura cinza, olhando para mim.

– Que bom – disse Montgomery, aliviado.

– O outro com o chicote – recomeçou a criatura.

– E então, o que tem ele? – perguntei.

– Eu disse que estava morto – confirmou.

Montgomery estava sóbrio o suficiente para entender o meu motivo em negar a morte de Moreau.

– Ele não está morto – disse ele lentamente. – Nem um pouco morto, está tão morto quanto eu.

A Ilha do Doutor Moreau

– Alguns infringiram a Lei e vão morrer por isso. Alguns já morreram. Mostre-nos agora onde o corpo dele está. O corpo que ele deixou para trás por não precisar mais dele – eu disse.

– Por aqui, homem que andou pelo mar – disse a Coisa cinza.

E precedidos pelas seis criaturas que nos guiavam, entramos no aglomerado de trepadeiras e sementes de árvores ao Norte. De sopetão, ouvimos galhos sendo estilhaçados e um homúnculo rosa passou por nós gritando. Na sequência, um monstro à caça de algo apareceu, com manchas de sangue pelo corpo. A criatura cinza esquivou-se, M'ling rosnou e lançou-se em sua direção, mas foi golpeado. Montgomery disparou a arma, mas errou o alvo. Depois, abaixou a cabeça, protegeu-se com o braço e disparou para longe. Atirei, mas a besta continuou, atirei de novo, diretamente em seu rosto feio. Vi suas feições se esvaírem. Mesmo assim, passou por mim, agarrou Montgomery e o colocou sobre si mesmo em seu leito de morte.

Eu estava sozinho com M'ling, a criatura falecida e o homem prostrado. Montgomery levantou-se lentamente e olhou de maneira turva para a besta esparramada ao seu lado. Ele ficou sóbrio naquele momento e levantou-se. De repente, vi o monstrengo cinza voltar cuidadosamente pela floresta.

– Veja – falei, apontando para o brutamontes morto –, a Lei não está viva? Isso é resultado da infração à Lei.

Ele olhou para o corpo.

– Ele manda o fogo que mata – disse, com a voz grave, repetindo parte do cântico. Os outros se reuniram e observaram durante um tempo.

Finalmente, chegamos à extremidade Oeste da ilha. Vimos o corpo da puma roído e mutilado, sua escápula perfurada por uma bala e, talvez, a pouco mais de quinze metros adiante, encontramos quem buscávamos. Moreau estava caído, com o rosto virado para o chão, em um local espezinhado no bambuzal. Uma das mãos estava praticamente dissociada do braço na altura do punho e seus cabelos acinzentados estavam cobertos de sangue. Sua cabeça havia sofrido um grande golpe

113

das algemas presas à puma. Os bambus destruídos estavam banhados com sangue. Não encontramos seu revólver. Montgomery virou o corpo e deitou-o de costas. Com alguns intervalos para recuperar o fôlego, nós e as sete bestas carregamos Moreau (pois era um homem pesado) de volta ao alojamento. A noite estava escurecendo. Ouvimos criaturas uivarem e gritarem enquanto passavam pelo nosso pequeno bando. A pequena preguiça passou por nós e nos observou antes de desaparecer. Mas não fomos atacados novamente. Nos portões do alojamento, as bestas nos deixaram e M'ling os acompanhou. Trancafiamo-nos e levamos o corpo esmagado de Moreau ao pátio e o colocamos sobre algumas plantas. Depois, fomos ao laboratório e colocamos um fim a todas as criaturas que eram mantidas em cativeiro lá dentro.

UM DIA DE FOLGA DE MONTGOMERY

Após termos finalizado isso, nos banhamos e comemos. Montgomery e eu fomos ao pequeno recinto e discutimos pela primeira vez as nossas opiniões. Era pouco antes de meia-noite. Ele estava quase sóbrio, mas bastante perturbado. Estava estranhamente influenciado pela personalidade de Moreau: creio que nunca havia pensado que o doutor poderia falecer. Esse desastre representou um súbito colapso dos hábitos que haviam se tornado naturais na ilha pelos últimos dez ou mais monótonos anos que passara lá. Ele falava de maneira vaga, respondia às minhas perguntas com aparente confusão, divagando sobre questionamentos gerais.

– Esse patife de marca maior – disse Montgomery. – Em que lamaçal nos enfiou! Eu não tive vida durante todos esses anos e me pergunto quando terei – respondeu indignado. – Foram dezesseis anos sendo zombado por cuidadoras e professores da maneira mais vil; depois, cinco anos em Londres, penando nos estudos de Medicina, com comida ruim, alojamentos nojentos, roupas maltrapilhas, vício mesquinho, uma grande estupidez. Eu não conhecia nada melhor do que aquilo até que aportei nesta linda ilha. Passei dez anos aqui e a que custo, Prendick? Será que somos bolhas sopradas pelo vento?

Era difícil lidar com esses desvarios.

– O que precisamos agora é descobrir como sair dessa ilha – eu disse.

– Por que eu iria querer sair daqui? Sou um expatriado. Para onde eu vou? É muito bom para você, Prendick. Pobre Moreau! Não podemos deixar seus restos aqui. Além disso, o que será da parte decente das bestas?

– Bem, poderíamos fazer isso amanhã mesmo. Estava pensando que poderíamos usar os arbustos para construir uma pira para cremar seu corpo, e aquelas outras coisas. Mas o que será da tribo de bestas?

– Não sei. Creio que aqueles que foram transformados em presas das bestas vão perecer cedo ou tarde. Não podemos sacrificá-los todos, podemos? É isso que o seu senso de humanidade diz? Eles vão mudar, certamente vão mudar.

Ele falou de maneira tão inconclusiva que senti minha paciência se esvair.

– Inferno! – exclamou ao farejar a minha petulância. – Você não consegue entender que estou em um buraco muito maior do que o seu? – esbravejou e saiu para tomar uma dose de uísque. – Beba – falou enquanto voltava. – Seu branquelo ateísta e insensível, beba!

– Eu, não! – retruquei enquanto olhava para o seu rosto pela luz amarela do lampião de parafina e me sentava obstinadamente. Enquanto isso, Montgomery bebia e tagarelava feito um papagaio infeliz.

Lembro-me do tédio infinito. Ele divagava em defesa da tribo de bestas e de M'ling de modo piegas. Segundo ele, M'ling era a única coisa que lhe importava de verdade. De súbito, teve uma ideia.

– Estou ferrado! – disse enquanto cambaleava abraçado à garrafa de uísque.

Na hora, tive uma intuição forte do que ele faria.

– Nem pense em embebedar aquela besta! – falei, encarando-o.

– A besta aqui é você. Ele bebe aguardente como um cristão. Saia da minha frente, Prendick!

– Pelo amor de Deus! – clamei.

– Saia agora da minha frente! – gritou enquanto empunhava o revólver.

– Muito bem – falei enquanto me afastava, quase convicto de que pularia nele caso colocasse o dedo no gatilho, mas impedido pelo meu braço inutilizado. – Você se transformou em uma besta, junte-se à tribo à qual pertence.

Ele abriu a porta com violência e parou por um instante me encarando entre a luz amarelada do lampião e o brilho da Lua. Suas pupilas estavam dilatadas como dois faróis escuros abaixo de suas sobrancelhas corpulentas.

– Você é um pedante, Prendick, seu babaca! Você pensa demais e teme demais. Chegamos ao final de uma rua sem saída. Eu vou cortar a minha garganta amanhã, portanto, vou tirar a noite de folga – afirmou. Virou-se em direção ao luar enquanto chamava por M'ling.

Três criaturas turvas apareceram na beira da praia, sob a luz prateada do luar. Uma delas estava toda enfaixada e havia outras duas sombras seguindo-a. Eles pararam e encararam. Depois, vi M'ling com os ombros em posição de ataque próximo do canto da casa.

– Bebam! – gritou Montgomery. – Bebam e virem homens. Eu sou o mais esperto. Moreau se esqueceu disto aqui! Esta é a chave de ouro. Eu mandei beberem! – demandou. Balançava a garrafa e caminhava cambaleante no sentido Oeste. M'ling vinha logo depois e as outras três criaturas na sequência.

Fui até a porta. Eu já não podia distingui-los na nébula da noite quando Montgomery parou. Eu o vi oferecer uma dose de uísque a M'ling e então as sombras foram se distanciando até formarem um único retalho.

– Cantem! – ouvi Montgomery gritar. – Cantem todos juntos e envergonhem Prendick! É isso mesmo. Envergonhem o velho Prendick.

O grupo se separou em cinco sombras distintas e sumiram na orla brilhante da praia. Cada criatura começou a uivar da maneira que lhe convinha, gritando insultos ou falando qualquer outra coisa inspirada pelo uísque. Nesse momento, ouvi Montgomery gritar:

– Para a direita! – então ouvi os gritos e uivos em meio à escuridão. Aos poucos as vozes diminuíram até que o silêncio se fez.

O esplendor tranquilo daquela noite foi retomado. A Lua havia passado do meridiano e caminhava rumo ao Oeste. Ela estava cheia e brilhante naquele céu azul e límpido. De repente, a sombra da parede manchou meus pés, a quase um metro de distância. O mar ao Leste estava completamente acinzentado, escuro e misterioso, e entre o mar e a sombra da areia acinzentada (de cristais e vidro vulcânicos) brilhava e reluzia como se fora uma praia de diamantes. Atrás de mim, o lampião de parafina cintilava uma luz rubra e quente.

Em seguida, fechei a porta, tranquei-a e entrei no alojamento onde Moreau descansava em seu sono mórbido ao lado de suas últimas vítimas: os cães, as lhamas e outros brutos. Ele parecia calmo, mesmo após sua morte violenta, e estava com os olhos fixos e abertos, encarando seus experimentos sob a luz do luar. Sentei à beira da pia e, com os meus olhos direcionados para as sombras assustadoras dos corpos iluminados, comecei a mudar de plano. Na manhã seguinte, eu pegaria alguns alimentos na embarcação e, após atear fogo à pira, me lançaria pelos mares novamente. Eu sentia que Montgomery não tinha saída, que ele era, na verdade, mais uma das criaturas de Moreau, inadequado ao convívio com a civilização humana.

Não sei por quanto tempo permaneci sentado. Creio que fiquei lá por volta de uma hora, mas meu plano foi interrompido por Montgomery nas proximidades. Ouvia vozes vindas de diversas gargantas e um tumulto de gritos pela praia, convulsivos e uivantes, que pareciam esvair nas proximidades do mar. O motim vinha e voltava. Ouvia golpes fortes e um barulho de madeira lascada, mas aquilo não me incomodou tanto. Um cântico foi entoado de maneira displicente.

Meus pensamentos se concentraram em minha fuga. Levantei, peguei o lampião e fui a uma cabana em busca de barris que eu havia visto lá.

A Ilha do Doutor Moreau

Interessei-me pelo conteúdo dentro de uma lata de biscoitos. Abri a lata e vi algo de relance: uma criatura vermelha. Virei-me rapidamente.

Atrás de mim, estavam o pátio, preto e branco, vívido sob a luz do luar, e uma pilha de madeira e animais, os quais Moreau havia mutilado, uns sobre os outros. Eles pareciam agarrados uns aos outros em uma luta corporal implacável. Suas feridas aumentaram e estavam escurecidas como a noite. O sangue que escorria formou poças na areia. Depois, vi algo que não pude entender bem, a causa do meu susto: um brilho avermelhado que se aproximou, mexeu e migrou para a parede em frente. Logo percebi que o brilho era resultado do reflexo da minha lanterna e me virei novamente para o armazém do galpão, tranquilizado. Continuei vistoriando as provisões tão bem quanto podia, para um homem com um braço imobilizado. Encontrei alguns itens convenientes, os quais separei para levar em minha fuga. Meus movimentos eram lentos, mas o tempo passava rapidamente. Sem a menor piedade, a luz do dia rompeu sobre mim.

O cântico parou e, em seu lugar, eu ouvia um clamor e, de repente, um tumulto de vozes novamente. Ouvia gritos das bestas pedindo "mais, mais" e um som de um bate-boca que culminou em um grito alto e selvagem. A qualidade dos sons oscilava de tal maneira que captavam a minha atenção. Fui ao pátio e ouvi com atenção: o disparo de uma arma havia calado o furdunço.

Corri pelo meu quarto até a entrada. Conforme o fiz, ouvi malas deslizarem atrás de mim e caírem juntamente com um barulho de vidro estilhaçado no chão da cabana. Mas não dei muita atenção àquilo, abri a porta e olhei para fora.

Na praia, nas proximidades do estaleiro, uma fogueira queimava, disparando faíscas para todos os lados em meio à indistinção da madrugada. Ao redor dela, sombras escuras. Montgomery chamou meu nome. Comecei a correr na direção da fogueira com o revólver na mão. Vi a língua rosada de Montgomery próxima do chão. Ele havia sido abatido. Então, gritei com toda a minha força e atirei para o alto.

Ouvi alguém gritar: "O Mestre!". Então, o nó de sombras se desfez e as bestas debandaram individualmente. A multidão de bestas correu em pânico, subindo a praia. No calor do momento, disparei a arma mais uma vez enquanto eles estavam de costas e desapareciam em meio aos arbustos. Dirigi-me aos escombros no chão.

Montgomery estava caído de costas, com o homem acinzentado esparramado sobre ele. O brutamontes estava morto, mas ainda estava com as garras afiadas fincadas no pescoço de Montgomery. Ao seu lado estava M'ling, caído de bruços e imóvel, com pescoço aberto por uma mordida e a parte superior da garrafa de uísque quebrada em sua mão. Duas outras figuras estavam próximas da fogueira: um estava imóvel e o outro rosnava espasmodicamente, aqui e ali, levantando a cabeça e derrubando-a em seguida.

Retirei a besta acinzentada de cima de Montgomery: as garras desfiaram seu casaco assim que o arrastei. Montgomery estava com o rosto enegrecido e respirando com dificuldade. Joguei água em seu rosto e levantei sua cabeça com um casaco. M'ling estava morto. A criatura machucada ao lado da fogueira era um lobo com o rosto cheio de pelos da cor cinza e, na parte frontal de seu corpo, estava um tronco de madeira reluzente. Ele estava tão ferido e agonizante que, por misericórdia, explodi seu cérebro de uma única vez. O outro bruto era um dos homens-bovinos enfaixados. Ele também estava morto. Todos os outros tinham sumido na escuridão.

Fui até Montgomery de novo e ajoelhei ao seu lado, lamentando a minha ignorância médica. A fogueira diminuiu e apenas alguns pedaços de madeira carbonizada ainda permaneciam no centro, misturados com cinzas. Eu me perguntava onde Montgomery havia conseguido toda aquela madeira. Quando me apercebi, o crepúsculo havia se posto. O céu pareceu mais brilhante, a luz do luar se tornava opaca e pálida em relação àquele azul. O céu ao Leste estava todo margeado de vermelho.

De súbito, ouvi uma pancada e um som sibilante. Ao olhar ao redor, levantei-me com um grito de horror. Uma fumaça densa e negra saía do alojamento, em meio ao calor do crepúsculo, e junto com a fumaça escura, chamas cor de sangue fagulhavam no ar. Em seguida, o telhado de palha pegou fogo. Via as chamas curvas além do morro pela chaminé íngreme. Um jato de fogo jorrou da janela do meu quarto. Eu soube imediatamente o que havia ocorrido. Lembrei-me da estranha pancada que ouvira quando corri em direção a Montgomery, na orla da praia: meu lampião havia tombado no chão do quarto.

A desesperança em salvar qualquer conteúdo de dentro do alojamento tomou conta da minha expressão facial. Minha mente pensava somente em fugir e, virando rapidamente, busquei os dois barcos sobre o tapete de areia. Eles não estavam mais lá! Havia dois machados sobre a areia ao meu lado, juntamente com lascas de madeira e estilhaços, completamente espalhados. As cinzas da fogueira estavam negras e fumegantes. Montgomery havia queimado os barcos para se vingar de mim e evitar que voltássemos à civilização.

Fui tomado por uma crise de raiva tão grande que quase golpeei a cabeça do cadáver enquanto ele permanecia indefeso aos meus pés. Subitamente, sua mão se mexeu, um movimento tão débil e digno de pena que toda a minha raiva se esvaiu. Ele gemeu e abriu os olhos por um minuto. Ajoelhei-me ao seu lado e levantei sua cabeça. Ele abriu os olhos novamente, observou o crepúsculo e, depois, desviou os olhos em minha direção. Suas pálpebras caíram de novo.

– Desculpe – disse com muito esforço. Ele parecia tentar pensar. – O último – murmurou –, o último desse universo tolo. Que bagunça...

Apenas ouvi. Sua cabeça caiu para o lado. Pensei que algum tipo de bebida poderia reanimá-lo, mas não havia mais bebida ou embarcação para trazer-lhe um gole de álcool. De repente, ele pareceu mais pesado. Meu coração congelou. Debrucei-me sobre seu rosto e coloquei as mãos pela abertura de sua camisa: estava morto. Nesse momento, um raio de luz, como uma costela do Sol, nascia a Leste, além do horizonte da baía, iluminando o céu e transformando o mar em uma confusão de luzes esplendorosas, um momento de glória refletido na face morta e derrotada de Montgomery.

Repousei sua cabeça com delicadeza sobre uma espécie de almofada improvisada, a qual projetei com o que tinha em mãos, e me levantei. Na minha frente, a tristeza do mar cintilava e o terrível sentimento de solidão, com o qual eu já havia sofrido o bastante, me acometia. Atrás de mim estava a ilha, ainda silenciosa em meio ao crepúsculo. As bestas estavam igualmente silenciosas e embrenhadas na floresta. O alojamento, com todas as suas provisões e munições, ardia em fogo com todos os ruídos típicos de um incêndio: explosões, estalos e estrondos inesperados. A densa fumaça subia aos céus, formando espirais no nível das árvores, que esvoaçavam em direção às grutas, na parte mais alta da ilha. Ao meu lado, estavam os vestígios carbonizados dos barcos e de cinco corpos sem vida.

Em seguida, três bestas se aproximaram. Caminhavam em minha direção em posição de ataque com os ombros levantados e as cabeças ligeiramente abaixadas. As mãos disformes estavam bizarramente tensas e seus olhares eram inquisitivos, soturnos e pouco amigáveis.

SOZINHO COM A TRIBO DE BESTAS

Com apenas um braço útil e sozinho, encarei as bestas e o meu infeliz destino refletido nelas. No meu bolso, jazia um revólver com duas câmaras vazias. Entre os escombros, estavam dois machados que haviam sido utilizados para destruir os barcos. A maré subia assustadoramente atrás de mim. Tudo o que eu precisava era de coragem. Eu olhava atentamente para os rostos das criaturas, mas eles evitavam meus olhos, e com suas narinas curiosas, investigaram os corpos estirados à minha frente. Dei seis passos, apanhei o chicote ensanguentado que permanecia ao lado do corpo do homem-lobo e o estalei. Eles pararam e olharam para mim.

– Saúdem! – falei. – Curvem-se!

Eles hesitaram por um momento. Apenas um deles se ajoelhou. Repeti meu comando, com o coração batendo na boca. Aproximei-me. Outro ajoelhou-se, e depois, o último.

Caminhei em direção aos mortos sem tirar os olhos das três criaturas ajoelhadas. Senti-me um ator, passeando pelos rostos do meu público, em silêncio.

– Eles infringiram a Lei! – falei de maneira dura enquanto colocava o pé sobre o Orador da Lei. – Foram assassinados, inclusive o Orador e o outro com o chicote. Grandiosa é a Lei! Venham ver.

– Ninguém escapa! – disse um deles, aproximando-se e observando a cena.

– Ninguém escapa! – repeti. – Portanto, ouçam e obedeçam ao comando! – falei. Eles se levantaram e entreolharam-se de maneira inquisitiva.

– Fiquem em pé! – demandei.

Peguei os machados e os balancei perto de suas cabeças com o meu único braço. Virei Montgomery de costas, apanhei seu revólver ainda carregado nas duas câmaras e, ao agachar e vistoriar seus bolsos, encontrei meia dúzia de cartuchos.

– Levem-no – falei, ao levantar-me e apontar com o chicote. – Levem-no e lancem seu corpo ao mar.

Os três caminharam em direção ao corpo de Montgomery, um pouco temerosos, mas, sobretudo, mais apavorados com o meu chicote vermelho-sangue. Após um momento de desajeitada hesitação, seguido do estalo do meu chicote e gritos de comando, eles o levantaram cautelosamente e carregaram-no até o ponto em que as ondas quebravam violentamente.

– Continuem! – gritei. – Mais longe.

Eles submergiram no mar à altura de suas axilas e permaneceram olhando para mim. – Deixem-no – gritei. E o corpo de Montgomery desapareceu em um piscar de olhos. Senti um aperto no peito.

– Ótimo – falei, com uma pausa na voz. Eles voltaram apressados e sobressaltados à margem da praia, deixando manchas escurecidas no mar prateado. Na volta, pararam à beira, viraram de costas e fitaram o mar com alguma expectativa de que Montgomery levantasse e voltasse para vingar-se.

– Agora estes – apontei para os corpos.

Eles tomaram o cuidado de deixar os outros quatro corpos das bestas longe de onde haviam deixado o cadáver de Montgomery.

A Ilha do Doutor Moreau

Caminharam ao longo da costa com os corpos, a pouco mais de noventa metros de distância, até lançarem os outros ao mar. Conforme observava o trabalho deles com o cadáver destroçado de M'ling, ouvi uma queda atrás de mim e, quando me virei, percebi que a hiena-suína estava a uma distância de dois metros. Sua cabeça estava baixa, seus olhos brilhavam fixados em mim, suas mãos robustas estavam tensas e próximas do corpo. Ela estava agachada quando me virei. Seus olhos evitaram os meus.

Por um instante, nossos olhos se encontraram. Deixei o chicote de lado e apanhei a pistola no bolso. Eu estava determinado a matar a criatura ao menor sinal de perigo, talvez a mais formidável que havia restado na ilha. Ela parecia traiçoeira e eu, resoluto. Era a criatura que mais me inspirava medo de todas as outras daquela tribo. Sua sobrevivência era proporcionalmente ameaçadora à minha.

Eu me arrumei em poucos segundos e gritei:

– Saúde-me e curve-se!

Seus dentes cintilaram juntamente com um rosnado:

– Quem é você para que eu...?

Talvez, de maneira espasmódica, empunhei o revólver, mirei rapidamente e apertei o gatilho. Ouvi a criatura gritar, correr para os lados e virar-se. Ao perceber que tinha errado o alvo, rapidamente girei a alavanca com o polegar para o próximo tiro, mas ela estava longe, pulando de lado a lado, portanto, julguei mais sensato economizar minha escassa munição. Ela olhava para mim por cima dos ombros. Disparou, inclinada ao longo da praia e desapareceu no meio da fumaça que saía do alojamento em chamas. Por algum tempo, permaneci encarando-a. Sinalizei para as três bestas que ainda me obedeciam que deixassem o corpo que carregavam onde estava. Depois, voltei ao lugar que ardia em fogo, onde os corpos haviam caído, e cobri as manchas amarronzadas de sangue com areia de modo que fossem absorvidas e ocultadas.

Dispensei meus assistentes com um aceno e subi à praia, mata adentro. Eu carregava a pistola na mão e o chicote e os machados pendurados na tipoia do braço. Eu estava tenso por estar sozinho, por estar pensando na situação em que me encontrava. Um pensamento que me apavorava era a inexistência de um local seguro na ilha onde eu pudesse descansar ou dormir. Eu havia recuperado as forças incrivelmente desde o meu desembarque, mas ainda tendia ao nervosismo e ao descontrole dado todo o estresse sofrido. Eu sentia a necessidade de atravessar a ilha e fazer as pazes com as bestas remanescentes de modo que eu pudesse me sentir seguro, mas meu coração e minhas emoções me impediram. Voltei à praia e, olhando ao Leste, além do alojamento em chamas, caminhei até um ponto em que a areia coralífera percorria o recife. Lá eu podia sentar e pensar, com o rosto de frente para qualquer surpresa. Fiquei lá, com o queixo recostado sobre os joelhos, o Sol batendo em minha cabeça e o medo inexplicável tomando conta da minha mente enquanto eu traçava um plano de sobrevivência até que fosse resgatado (se é que seria). Tentei analisar a situação com toda a calma possível, mas era difícil administrar as emoções.

Comecei a revirar os motivos que levaram ao desespero de Montgomery. Ele havia dito: "Eles vão mudar, certamente vão mudar". E Moreau, o que ele havia dito? "O animal interno carnívoro e teimoso os domina dia após dia." Então, lembrei-me da hiena-suína. Eu tinha certeza de que, se não a matasse, ela me mataria. O Orador da Lei estava morto, grande azar. Eles sabiam que nós, os chicoteadores, podíamos ser assassinados assim como eles. Eles estariam me observando de dentro da mata densa, repleta de samambaias e palmeiras? Estariam me observando de dentro do manancial? Estariam planejando me abater? O que dizia a hiena-suína às criaturas sobreviventes? Minha imaginação me afundava em um pântano de medos irracionais.

Meus pensamentos foram desviados por grunhidos emitidos por aves litorâneas que correram em direção a um objeto preto trazido pelas ondas do mar, nas proximidades do alojamento. Eu sabia o que era, mas não tinha a coragem de devolvê-lo ao mar. Comecei a caminhar

A Ilha do Doutor Moreau

pela praia, na direção oposta, buscando chegar ao Leste da ilha, o que me aproximaria da encosta onde estavam as grutas, sem que eu tivesse de atravessar as emboscadas da mata densa.

A talvez quinhentos metros, na orla da praia, notei que uma das bestas se aproximava em minha direção em meio aos arbustos. Eu estava tão tenso com os meus próprios pensamentos que imediatamente empunhei o revólver. Até os gestos mais corriqueiros da besta pareciam ameaçadores ao ponto de preparar meu revólver. Ela hesitou conforme chegou mais perto de mim.

– Vá embora! – gritei.

A besta tinha algo que sugeria ser um cão, talvez pelo movimento de recuo. Ela se afastou, como um cão que é comandado que volte para a casinha. Parou, me fitou com um olhar suplicante e caninamente amarronzado.

– Vá embora! – repeti. – Não se aproxime!

– Não posso me aproximar? – falou.

– Não. Vá embora – insisti e estalei o chicote. Em seguida, colocando o chicote entre os meus dentes, subi em uma pedra e expulsei a criatura.

Sozinho, caminhei até a encosta das bestas e, escondendo-me entre as plantas e árvores que separavam esta fenda do mar, observei quando elas apareciam, tentando imaginar, a julgar por seus gestos e aparência, como as mortes de Moreau e Montgomery, bem como a destruição da Casa da Dor, haviam afetado as criaturas. Eu sabia que tinha sido um enorme covarde. Se tivesse mantido o fio de coragem ao nível do crepúsculo, se não tivesse deixado meu pensamento me controlar, teria tomado o cetro de Moreau e dominado a tribo de bestas. No entanto, havia perdido a oportunidade e afundado para a posição de mero líder daquelas criaturas.

Próximo do meio-dia, alguns deles se aproximaram e ficaram de cócoras, relaxando na areia tórrida da ilha. As vozes imperiosas da fome e sede se pronunciaram, mais do que meu temor. Saí dos arbustos com o revólver na mão e desci em direção às criaturas sentadas.

Uma delas, uma mulher-loba, virou a cabeça e me viu. Os outros a copiaram. Nenhum deles se levantou ou saudou. Eu me sentia fraco e exausto para insistir e deixei aquele momento passar.

– Quero comida – falei, quase que de maneira envergonhada e me aproximando do grupo.

– Há comida nas grutas – disse um homem-javali-bovino, zonzo e olhando em minha direção, ao longe.

Passei por eles, seguindo a sombra e os odores da encosta quase deserta. Em uma gruta vazia, comi algumas frutas manchadas e em putrefação. Depois de apoiar alguns galhos e gravetos na entrada, deitei-me com o rosto para cima e com a mão no revólver. A exaustão das últimas trinta horas vociferava, então, caí em um sono leve, com a esperança de que a barricada precária que eu havia criado causasse barulho suficiente para me acordar em caso de um ataque.

A REINCIDÊNCIA DOS INSTINTOS

Nesse sentido, eu havia me tornado mais um entre a tribo de bestas na Ilha do Doutor Moreau. Quando acordei, já era noite. Meu braço ardia de dor dentro dos curativos. Sentei-me, perguntando-me onde estava. Ouvia vozes grossas falarem do lado de fora. Depois, vi que a minha barricada não existia mais e que a entrada da gruta estava vazia. Meu revólver ainda estava na minha mão.

Ouvi uma respiração, vi algo encolhido ao meu lado. Prendi o fôlego, tentando ver o que era. A figura começou a se mover lentamente, sem parar. Depois, algo suave, quente e úmido passou pela minha mão. Meus músculos se contraíram. Esquivei. Ao sinal do meu grito de susto, senti que ele foi abafado na minha garganta. A partir desse momento, entendi o que havia acontecido e permaneci com o dedo no gatilho do meu revólver.

– Quem está ai? – perguntei com um murmúrio rouco e o revólver apontado.

– Sou eu, Mestre.

– Quem é você?

– Eles estão dizendo que não existe um Mestre agora, mas eu sei. Carreguei os corpos até a praia, oh, caminhante do mar! Os corpos de quem você matou. Sou seu escravo, Mestre.

– Você é aquele que encontrei na praia? – inquiri.

– Exato, Mestre.

A criatura parecia evidentemente fiel a mim, pois poderia ter me abatido enquanto eu dormia.

– Isso é bom – respondi enquanto estendia meu braço para mais um beijo caninamente lambido. Comecei a notar o que sua presença significava e a maré de coragem baixou.

– Onde estão os outros? – perguntei.

– Eles estão bravos, são tolos – disse o homem-cão. – Agora mesmo eles estão conversando lá na frente. Eles dizem que o Mestre está morto, dizem que o "outro com o chicote está morto. O outro que caminhou na praia está como nós. Não temos Mestre, não temos Casa da Dor. Esse é o fim. Nós amamos a Lei e vamos mantê-la, mas não há mestre, não há dor, não há chicote", isso é o que eles dizem. Mas eu sei Mestre, eu sei.

Senti que estava na escuridão novamente e acarinhei o homem-cão.

– Tudo bem – repeti.

– Agora, você vai matá-los – disse o homem-cão.

– Agora – falei – vou matar todos assim que algumas coisas acontecerem. Todos serão assassinados, exceto um ou outro.

– O que o Mestre deseja matar, vai matar – disse o homem-cão com certa satisfação no tom de voz.

– Que eles continuem pecando – falei –, deixe que eles vivam até que o momento certo chegue. Não deixe que saibam que sou o Mestre.

– A vontade do Mestre é a Lei – disse o homem-cão, com o tato de um cão sanguinário.

– Mas um deles pecou – falei. – Vou matá-lo assim que o encontrar. Quando disser para você "é ele", quero que o ataque. E agora vou até o grupo de homens e mulheres.

A Ilha do Doutor Moreau

Por um instante, apenas a sombra do homem-cão era visível na saída da gruta. Segui-o e permaneci em pé, quase no mesmo lugar em que estive quando ouvi Moreau e seus cães à minha procura. Mas já era noite e a encosta miasmática, apodrecida, à frente estava quase toda obscurecida. Adiante, em vez de um barranco verde e iluminado, eu via fogo e imagens grotescas movendo-se para lá e para cá. Mais à frente, havia árvores robustas em uma escuridão profunda, as quais balançavam sua renda negra presa aos galhos superiores. A Lua cavalgava na altura da encosta e, como uma barra através de sua face, soprou o espiral de vapor que vazava das fumarolas da ilha.

– Acompanhe-me – falei à criatura enquanto a tensão crescia. Lado a lado descemos, pelo caminho estreito, sem nos preocupar com as criaturas que nos observavam das grutas.

Nenhuma criatura que estava nas proximidades do fogo me saudou. Muitos ignoraram a minha presença ostensivamente. Procurei a hiena-suína, mas ela não estava lá. Juntos, somavam em torno de vinte bestas. Eles conversavam enquanto observavam o fogo.

– Ele está morto, está morto! O Mestre está morto! – dizia a voz do símio à direita. – Não tem mais Casa da Dor, não tem mais Casa da Dor.

– Ele não está morto! – eu disse em voz alta. – Agora mesmo, ele olha por nós!

Eles ficaram impressionados. Vinte pares de olhos olhavam para mim.

– A Casa da Dor se foi – falei. – Mas ela vai voltar. O Mestre, vocês não conseguem ver, mas ele os ouve. Ele está entre nós.

– Verdade, verdade! – disse o homem-cão.

Eles pareciam confusos com a minha presença. Um animal pode ser extremamente feroz e astuto para notar quando um homem de verdade está mentindo.

– O homem com o braço enfaixado fala estranho – disse uma das bestas.

– Digo a vocês que essa é a verdade – falei. – O Mestre e a Casa da Dor voltarão. Ele fica amargurado com aqueles que desobedecem a Lei!

H. G. Wells

Eles se entreolhavam de maneira curiosa. Com uma indiferença artificial, comecei a cortar lenha com o machado aleatoriamente. Eles olhavam para os cortes profundos que eu fazia na madeira.

O sátiro levantou uma dúvida. Respondi. Em seguida, uma das criaturas sarapintadas discordou, e uma discussão calorosa surgiu ao redor do fogo. A cada minuto, sentia que estava mais seguro. Eu já conseguia falar sem ter de recuperar o fôlego, dada a intensidade da minha agitação interna, que me incomodava no início. Por volta de uma hora depois, eu havia conseguido convencer várias criaturas sobre a veracidade das minhas afirmações, e os outros estavam a meio caminho de serem convencidos. Enquanto isso, eu mantinha os olhos nas redondezas à procura da hiena-suína, a qual nunca apareceu. Um movimento suspeito aqui e outro acolá me assustavam, mas minha confiança ganhou terreno. Em seguida, assim que a Lua desceu de seu apogeu, um por um, meus ouvintes começaram a bocejar (e mostrar os dentes mais bizarros que a luz do fogo podia refletir) e, um após o outro, todos se retiraram em direção às grutas na encosta. Eu, por minha vez, apavorado com a profundeza do silêncio e da escuridão, os acompanhei, sabendo que estava mais seguro na presença deles do que apenas na minha.

Foi dessa maneira que a fase mais longa da minha estadia na Ilha do Doutor Moreau se iniciou. No entanto, daquela noite até o meu último dia, apenas um grande acontecimento se deu, exceto pelos inúmeros detalhes desagradáveis e pelas inquietações sem fim. Portanto, não pretendo me delongar muito nessa janela de tempo para contar-lhes apenas um incidente fundamental acerca dos dez meses que passei na ilha na companhia das bestas semi-humanas.

Em retrospecto, é estranho lembrar como me adaptei aos modos daqueles monstros e, por conseguinte, recuperei a minha confiança com eles. Eu discutia ocasionalmente com um ou outro e mostrava as marcas de dentes deles, mas logo ganhei todo o respeito por meio da força com a qual eu atirava pedras e entalhava madeira com o meu machado. Além disso, o meu homem-São Bernardo foi imensamente útil para

A Ilha do Doutor Moreau

mim nesse sentido. Descobri que a escala simples de honra deles era baseada, primordialmente, na capacidade de ferir. De fato, posso dizer sem qualquer vaidade, espero, que construí uma vantagem sobre eles. Salvo em um ou outro caso de acesso de raiva em que eu pesava a mão um bocado a mais, eles não costumavam guardar rancor. Mas desabafavam pelas minhas costas fazendo caretas a uma distância segura dos meus projéteis.

A hiena-suína me evitava e eu estava sempre alerta. Meu inseparável homem-cão a odiava e temia mais do que tudo. Creio que aquele era o motivo de seu apego a mim. Logo, tornou-se evidente para mim que aquele monstro havia experimentado sangue e seguiu os passos do homem-leopardo. Ela havia feito uma toca na floresta, onde vivia solitária. Certa vez, tentei induzir que a tribo de bestas fosse à sua caça, mas não tive autoridade suficiente para fazê-los cooperarem em prol de um único objetivo. Eu tentava pegá-la de surpresa em sua toca, mas suas habilidades eram apuradíssimas e ela sempre me via antes e fugia. Ela tornava cada caminho na floresta perigoso para mim e meus aliados com suas emboscadas ocultas. O homem-cão raramente ousava sair do meu lado.

Por volta do primeiro mês, a tribo de bestas, em comparação com sua condição anterior, era humana o suficiente e pude construir uma tolerância amigável com um ou dois além do meu homem-cão. A pequena preguiça demonstrava uma afeição estranha por mim e me seguia com frequência. O símio me aborrecia, mas, por causa dos seus dedos, ele pensava que era igual a mim e ficava tagarelando bobagens sem nexo no meu ouvido. Contudo, devo confessar que ele me entretinha um pouco, pois tinha um truque fantástico de cunhar novas palavras. Ele pensava, creio eu, que pronunciar palavras sem significado era o que nós humanos fazíamos, portanto, a maneira correta de uso do discurso. Ele chamava isso de "Pensamentos Grandes" para distinguir dos "Pensamentos Pequenos", os quais representavam os interesses cotidianos. Se eu fazia um comentário que ele não entendia, ele o elogiava muito, pedia que eu o repetisse, decorava-o e ficava repetindo, com uma palavra errada aqui ou ali, para as outras bestas mais calmas. Ele não se importava com o que era pleno e compreensível. Por isso, eu inventava alguns "Pensamentos Grandes" curiosos para que ele usasse. Ele era, definitivamente, a criatura mais tola que eu havia conhecido na vida. Havia herdado e desenvolvido a tolice humana da maneira mais distinta possível, mas sem perder um pingo da insensatez de um macaco.

Isso ocorreu nas primeiras semanas na companhia das criaturas. Durante aquele período, eles respeitaram o uso da Lei e se comportaram com certo decoro, de modo geral. Certa vez, encontrei um coelho em pedaços, certamente vítima da hiena-suína, mas foi o único incidente. Estávamos em meados de maio quando comecei a notar uma diferença crescente em seus discursos e andares, uma rudeza articulatória e uma grande relutância para falar. A tagarelice do meu homem-macaco havia crescido em volume e decrescido em clareza, parecia cada vez mais um macaco-macaco. Alguns do grupo pareciam estar perdendo a habilidade do discurso, embora ainda entendessem o que eu dizia naquela época. (Imagine uma língua, uma vez clara e exata, retrocedendo, tornando-se mais difícil de ser vocalizada, perdendo em forma e vocabulário e tornando-se apenas um grumo de sons. Pois é.) Além disso, caminhavam eretos com uma dificuldade crescente. Apesar de sentirem-se envergonhados de si mesmos, eu montava em cima de um ou de outro para tentar recuperar suas envergaduras, mas a tarefa de andar na vertical havia se tornado quase impossível. Eles pareciam cada vez mais desajeitados, bebendo água por sucção e roendo os alimentos. Eu tinha cada vez mais clareza a respeito do que Moreau havia dito sobre a reincidência dos instintos daqueles animais. Eles estavam retroagindo muito rápido.

Notei com surpresa que os primeiros a retroceder eram as fêmeas. Algumas delas ignoravam a maioria dos bons modos deliberadamente. Outras tentavam ultrajes em público no que se dizia respeito à monogamia. A tradição da Lei claramente estava perdendo sua força. Eu não podia aceitar aquilo tudo.

A Ilha do Doutor Moreau

Meu homem-São Bernardo voltara, pelos seus modos, a ser apenas um São Bernardo. Dia após dia, ele parecia mais anestesiado, quadrúpede e peludo. Eu mal pude notar a transição do meu companheiro à minha direita para o cão correndo displicente à minha frente.

À medida que o descuido e a desorganização tomavam o controle, as grutas pareciam tão asquerosas que tive de deixar o lugar, atravessar a ilha e construir um abrigo com ramos em meio às ruínas carbonizadas do alojamento de Moreau. Apesar das memórias dolorosas daquele local, descobri que aquele era o lugar mais seguro longe da tribo de bestas. Seria impossível detalhar cada passo do processo de lapso dos monstrengos. Para falar a verdade, eles pareciam menos humanos a cada dia que se passava. Eles já não precisavam de curativos e faixas, abandonaram cada peça de roupa, seus pelos se espalharam pela região das costelas, suas testas diminuíram e seus focinhos pareciam protuberantes. A proximidade que eu havia permitido a alguns dos quase-humanos nos primeiros meses havia se tornado asquerosa de conceber.

A mudança foi lenta e inevitável. Não fora um choque para eles, tampouco para mim. Eu ainda conseguia permanecer entre eles em segurança porque nenhum baque repentino havia ocorrido durante o processo de involução daqueles seres ao ponto de liberar uma explosão de potenciais animalescos. Entretanto, eu começava a temer que seus mais profundos instintos eclodissem. Meu São Bernardo me seguia até meu alojamento todas as noites e sua vigilância me permitia dormir às vezes em um clima, digamos, de paz. A preguiça rosa tornou-se tímida e me deixou. Voltou ao seu hábitat natural entre os galhos de árvores. Vivíamos em equilíbrio, como se estivéssemos em uma gaiola em exibição chamada de "família feliz", em um canil qualquer por aí e como se o dono do canil estivesse prestes a deixar-nos a qualquer momento.

Claro que as criaturas não declinaram tanto ao ponto de tornarem-se animais típicos de zoológico. Eles não haviam se tornado ursos, lobos, tigres, porcos selvagens ou macacos. Ainda havia algo estranho neles, que Moreau havia importado de outros animais. Um, por exemplo, era primordialmente ursino; o outro, felino; outro, bovino.

H. G. Wells

Mas no geral, todos eram salpicados com outras criaturas. Um tipo de animalismo generalizado que transparecia de maneiras diferentes em cada um deles. No entanto, os traços de humanidade diminuíam gradualmente e, às vezes, me embasbacavam. Eu testemunhava uma recrudescência momentânea de seus discursos, uma inabilidade inesperada dos pés dianteiros e tentativas de ficarem eretos dignas de pena.

Entretanto, à medida que metamorfoseavam, eu me transformei também. Minhas roupas pareciam trapos amarelados com buracos tão grandes que era possível ver a minha pele queimada do sol. Meus cabelos estavam longos e embaraçados. Até hoje, alguns me dizem que meus olhos se tornaram mais brilhantes e rápidos.

No início, eu passava as horas do dia ao Sul da praia à procura de um barco, esperava e rezava para que um navio ou embarcação surgisse no horizonte. Eu contava com o retorno de *Ipecacuanha* com o passar do tempo, mas ele nunca voltou. Eu vi navegações cinco vezes e três sinais de fumaça, mas nada nunca tocara a ilha. Eu sempre tinha uma fogueira pronta para ser acesa. Sem dúvidas, a reputação vulcânica da ilha contribuía para isso.

Foi apenas em setembro ou outubro que comecei a planejar a construção de uma jangada. Naquela época, meu braço havia sarado e as minhas duas mãos estavam de volta ao meu serviço. Primeiramente, minha incapacidade me aterrorizou. Nunca havia construído nada com madeira ou praticado atividades semelhantes. Passei boa parte dos dias cortando e entrelaçando madeiras em modo experimental. Eu não tinha cordas, tampouco outros materiais para usar em substituição que fossem fortes o bastante. Toda a informação que tinha do estudo científico não me permitia pensar em mais nada naquele momento. Passei mais de duas semanas fuçando entre as ruínas do alojamento e a praia onde os barcos haviam sido queimados. Eu procurava pregos e outras peças avulsas de metal que pudessem servir ao propósito. Aqui ou acolá, alguma criatura me vigiava e fugia quando eu a chamava. A temporada das chuvas e trovões chegou e retardou meu serviço, mas, ao final, consegui finalizar a minha jangada.

A Ilha do Doutor Moreau

Fiquei radiante com tal proeza, mas me faltava o senso prático que sempre fora meu ponto fraco. Eu havia construído a embarcação a um quilômetro ou mais de distância da praia, mas antes que eu pudesse carregá-la ao mar, ela se quebrou inteira. Talvez eu tenha sido salvo de um naufrágio, mas, no momento, o sentimento de desolação com a minha falha foi tão avassalador que, por alguns dias, eu simplesmente me arrastei pela praia, encarando o mar e o pensamento de morte.

Eu, na verdade, não desejava morrer, e um incidente que ocorrera me alertou inequivocamente da tolice de deixar os dias passarem. De fato, a cada dia, o risco de permanecer com animais selvagens na ilha crescia.

Eu estava deitado sob a sombra projetada pela parede do alojamento, observava o mar, quando fui tomado de surpresa por algo gelado que tocara o meu tornozelo. Ao olhar ao redor, vi a preguiça piscando em minha direção. Ela havia perdido a capacidade da fala e dos movimentos há muito tempo e seus pelos pareciam mais grossos, suas garras estavam maiores e mais afiadas. Ela soltou um grunhido quando percebeu que eu a havia notado, voltou na direção dos arbustos e olhou para mim.

No início, eu não entendia. Depois, notei que a criatura queria que eu a seguisse, o que fiz ao final, mas lentamente, em razão do calor do dia. Quando alcançamos as árvores, a preguiça se embrenhou em meio a elas, já que tinha mais habilidade com cipós do que caminhando pelo chão. De repente, em um local aberto, me deparei com um grupo sinistro. Meu São Bernardo estava estirado no chão, morto e, ao lado de seu corpo, estava a hiena-suína, agachada, cravando suas garras na carne ainda trêmula do animal, roendo-a e soltando grunhidos de deleite. À medida que me aproximei, a besta interrompeu a refeição e levantou o olhar, brilhante, em minha direção, enquanto o sangue escarlate, que manchava seus dentes afiados, escorria pelos lábios. Ela rosnou ameaçadoramente, não tinha qualquer medo ou pudor. O último vestígio de qualquer humanidade havia desaparecido. Dei um passo à frente, parei e apanhei o revólver. Nos olhamos, frente a frente.

A besta não recuou nem um passo. No entanto, suas orelhas pareciam mais atentas. Seus pelos se arrepiaram e ela agachou com um olhar soturno. Mirei bem no meio de seus olhos e atirei. À medida que o fiz, ela pulou sobre mim, ereta. Fui golpeado como um pino de boliche. Ela se agarrou em mim com suas mãos desajeitadas e acertou o meu rosto. O impulso de seu movimento me fez rolar para a parte traseira de seu corpo. Mas, felizmente, meu tiro havia sido certeiro. A hiena estava morta. Rastejei por baixo daquele peso morto e levantei-me, ainda trêmulo, olhando para o seu corpo agonizante. Aquele risco já não existia mais, porém eu sabia que aquele era apenas o primeiro percalço dos muitos outros que ainda viriam.

Queimei os dois corpos em uma pira feita de galhos e arbustos. Eu sabia que a minha morte era uma questão de tempo, a menos que conseguisse fugir de lá. Àquela época, a tribo de bestas, exceto por uma ou duas delas, havia deixado a encosta e cada um tinha construído seus próprios covis conforme lhes convinha em meio à mata densa. Durante o dia, poucas perambulavam, dormiam a maior parte do tempo. A ilha pareceria deserta caso houvesse um convidado, mas, à noite elas acordavam, perambulavam e uivavam assustadoramente. Eu pensava em massacrá-las por meio de armadilhas e armas pontiagudas. Se tivesse munição suficiente, certamente as teria matado a essa altura. Apesar de a hiena já ter sido abatida, ainda poderia haver um grupo de carnívoros audaciosos. Depois da morte do meu cão, meu último amigo, também adotei, de certo modo, a prática de cochilar durante o dia e vigiar a noite. Reconstruí meu abrigo nas paredes do alojamento. A entrada era tão estreita que qualquer um que tentasse passar faria necessariamente algum ruído. As criaturas haviam esquecido a arte de produzir fogo e, por consequência, passaram a temê-lo. Mais uma vez, quase passionalmente, me senti determinado a reconstruir a minha jangada.

Encontrei um milhão de dificuldades. Sou um homem muito inapto (eu havia terminado os estudos antes de aparecer o Slojd[17]). Felizmente,

---

[17] Sistema sueco de aprendizado baseado em trabalhos com madeira. (N.T.)

A Ilha do Doutor Moreau

consegui desenvolver de maneira, digamos, torta os principais requisitos para construir uma jangada, mas, dessa vez, atentei à questão da força. O único obstáculo ainda intransponível era como armazenar a água para navegar por tempo indefinido. Tentei cerâmica, mas a ilha era praticamente carente em argila. Bisbilhotei por todas as partes com todo o afinco para resolver essa última equação. No entanto, às vezes, era tomado por crises de raiva em que eu cortava e lascava o tronco da primeira árvore infeliz que aparecesse em minha frente. Mas nada vinha à minha imaginação.

Após algum tempo, chegou o dia maravilhoso em que fiquei em total êxtase. Vi uma embarcação ao Sul, semelhante a uma pequena escuna, e adiante, acendi um monte de gravetos e permaneci observando o horizonte ao lado da gentil fogueira, embaixo do sol do meio--dia. Observei aquela embarcação o dia inteiro sem comer ou beber, até que minha cabeça começou a girar e algumas bestas se aproximaram. Elas olhavam para mim duvidosas e, depois, debandaram novamente. A embarcação ainda estava muito distante quando a noite adentrou e a engoliu. Mantive a minha fogueira brilhante e alta durante a noite inteira. Os olhos das bestas cintilavam em meio à escuridão, maravilhadas. Durante a madrugada, a embarcação imunda e minúscula pareceu aproximar-se da ilha. Ela flutuava de maneira estranha. Meus olhos estavam ávidos. Eu mal podia acreditar naquilo. Dois homens estavam no barco, sentados, um à proa e o outro ao leme. A proa não estava na direção do vento, deu uma guinada repentina e se afastou.

Com o passar do dia, comecei a abanar um farrapo da minha jaqueta, mas os dois sequer me notaram. Permaneceram sentados, olhando um para o outro. Fui à parte mais baixa da ilha, onde gesticulava e gritava. Não havia qualquer resposta e a embarcação continuava sem rumo e cada vez mais lenta, na direção da baía. De repente, uma ave branca voou para fora do barco e nenhum dos homens notou. Ela circundou o barco e planou na direção da ilha com as suas asas abertas.

Depois, desisti de gritar e sentei com o queixo apoiado em minhas mãos enquanto observava. Lentamente, bem lentamente, a embarcação guinou para o lado Oeste. Eu poderia ter nadado até lá, mas o medo ainda me impedia. Durante a tarde, o vento encalhou o barco, o qual parou a aproximadamente cem metros, a Oeste das ruínas do alojamento. Os homens estavam mortos e há tanto tempo que se desfizeram quando inclinei o barco. Arrastei-os para fora. Um deles tinha cabelos vermelhos, semelhantes aos cabelos do capitão do *Ipecacuanha*. Um chapéu branco e encardido jazia no fundo do bote.

Em dado momento em que eu estava ao lado do barco, três bestas se aproximaram de maneira furtiva de dentro dos arbustos, farejando. Em um momento de asco profundo, subi na embarcação: impeli a embarcação no mar e pulei a bordo. Duas das criaturas eram lobos, que se acercaram com narinas curiosas e olhos afoitos. A terceira criatura era o boi-ursino, um ser indescritível. Quando se avizinharam dos cadáveres, ouvi-os rosnar, enquanto seus dentes refletiram alguns feixes de luz. Senti pavor e repulsa. Então, em um ímpeto, dei as costas para aquela cena e comecei a remar. Eu não tinha coragem de olhar para trás.

Permaneci, no entanto, entre o recife e a ilha naquela noite e, na manhã seguinte, fui ao riacho e enchi de água um barril que estava a bordo. Em seguida, com toda a paciência possível, coletei uma quantidade grande de frutas e esperei deitado, até que consegui caçar dois coelhos com os últimos cartuchos de munição. Enquanto o fazia, mantive o barco amarrado nas proximidades do recife por receio das bestas.

UM HOMEM SOLITÁRIO

Naquela noite, comecei a remar na direção do vento suave do Sul, de maneira lenta e estável, e a ilha parecia gradualmente menor. O espiral de fumaça diminuía e se transformava em uma linha paulatinamente mais fina na direção em que o Sol se punha. O oceano parecia mais denso, escondendo a mancha escura da minha vista. A luz do dia em seu glorioso trajeto deixava o céu, como uma cortina luminosa que começa a ser fechada. Por último, observei o imenso golfo azul que os raios do Sol ofuscavam dando lugar às estrelas. O mar e o firmamento estavam em silêncio, e eu estava recôndito naquela solidão.

Então, flutuei por três dias, comia e bebia com moderação e meditava sobre tudo o que havia acontecido comigo. Eu não esperava muito mais do que ver homens novamente. Os farrapos que cobriam meu corpo estavam imundos e meu cabelo era um emaranhado escuro. Eu não tinha dúvidas de que me confundiriam com um louco.

Eu tinha uma sensação estranha: não desejava voltar à civilização. A felicidade de me desfazer das bestas já me confortava o bastante. No terceiro dia, fui coletado por uma embarcação de dois mastros que ia de Apia a São Francisco. Nem o capitão tampouco seu colega acreditaram em minha história. Acreditavam que eu estava alucinando por causa do medo e dos perigos que passei. Com receio de que outras pessoas também me julgassem por louco, abstive-me de contar a minha aventura e declarava não me lembrar de nada que havia ocorrido no período de aproximadamente um ano, entre o naufrágio do *Lady Vain* e o momento em que havia sido resgatado por eles.

Fui obrigado a agir com toda a ponderação possível a fim de evitar que suspeitassem da minha sanidade mental. Minha memória sobre a Lei, sobre os dois velejadores, e as emboscadas da escuridão e do corpo no bambuzal me assombravam. Com a minha volta à civilização, as pessoas demonstravam dúvida e medo em vez de confiança e compaixão por tudo o que eu havia vivido na ilha. As pessoas não acreditavam em mim, eu era tão esquisito para os homens quanto era para as bestas. Creio que provavelmente absorvi algo de selvagem dos meus antigos companheiros. Os homens dizem que o pavor é uma doença e, de fato, percebo que, mesmo após vários anos, a sensação de perigo iminente tem se arrastado em minha mente, como o medo sentido por um filhote de leão perdido na selva.

De repente, meu medo tomou outra forma. Eu não conseguia me convencer de que as mulheres e os homens que acabara de encontrar não eram mais uma tribo de bestas. Pareciam animais selvagens escondidos atrás da pele humana. Eu carregava a sensação iminente de que, a qualquer momento, eles retrocederiam e começariam a expor seus instintos animais, um após o outro.

Confidenciei meu caso a um homem habilidoso que havia conhecido Moreau, o qual acreditou parcialmente em minha história. Ele era um especialista em mentes e me ajudou de forma magnífica, embora eu ainda creia que os terrores da ilha jamais vão me deixar por inteiro. Na maior parte do tempo, esse medo se abriga no meu subconsciente, como uma nuvem distante, uma memória e uma tênue desconfiança. Entretanto, há momentos em que aquela nuvem se espalha e toma

A Ilha do Doutor Moreau

conta do meu ser. Quando isso acontece, olho ao meu redor, aos meus então companheiros e sinto medo. Vejo rostos ávidos e brilhantes, e outros, opacos e ariscos. Alguns me parecem instáveis e ardilosos, mas nenhum deles é capaz de exprimir uma autoridade pacífica guiada por uma alma sensata. Eu sentia que os homens estavam se tornando bestas, que a mesma degradação dos ilhéus acometeria a civilização a qualquer momento, porém em uma escala maior. Sei que deliro quando lhes digo isso. Sei que os homens e as mulheres que me circundam são realmente humanos: criaturas perfeitamente razoáveis, cheias de desejos e gentilezas, emancipadas de seus instintos animais e libertas de uma Lei aparentemente fantástica. Ainda assim, me afasto de seus olhares curiosos, de seus questionamentos e assistência. Gostaria de voltar a ficar sozinho. Por essa razão, vivo nas proximidades de um descampado, amplo e aberto. Sempre que a sombra do medo escurece minha alma, fujo para lá. Como é lindo o pasto vazio sob o firmamento.

Quando morei em Londres, o terror era quase insuportável. Eu não conseguia me afastar dos homens: suas vozes ecoavam pelas janelas, as portas trancadas eram a minha única salvação. Eu andava pelas ruas para combater os meus delírios. Mulheres me rondavam e gracejavam, homens ciumentos me encaravam, exaustos, pálidos e adoentados. Passavam por mim com pressa, como cervos machucados e ensanguentados, os mais velhos estavam quase sempre curvados e apáticos, passavam o fim da vida resmungando e se aborrecendo com o riso das crianças.

Mesmo dentro de capelas, sentia que o pastor escarnecia sobre "Grandes Pensamentos", assim como fazia o símio. Ou, quando ia a uma biblioteca, via rostos à espera paciente de suas presas. As feições das pessoas nos ônibus e nos trens eram, em especial, inexpressivas e vazias, não pareciam mais do que corpos mortos. Por isso, evitava ter de usar tais meios de transporte, a não ser que tivesse certeza de que estaria sozinho. Mesmo assim, às vezes, sentia que eu também havia deixado de ser uma criatura razoável: havia me tornado um animal atormentado por algum distúrbio psicológico, como uma ovelha afastada do bando em razão de alguma doença crônica.

No entanto, esse é um sentimento que raramente me acomete, graças a Deus. Exilei-me da confusão das cidades e das multidões e, agora, passo meus dias rodeado pelos livros, sábios companheiros que nos abrem janelas cheias de luz, as quais são possibilitadas pelo lampejo das almas dos próprios homens. De fato, vejo poucos estranhos e tenho uma pequena quantidade de objetos em casa. Dedico a maior parte dos meus dias à leitura e aos experimentos químicos e passo boa parte das minhas noites em claro, estudando o universo e seus astros. Sinto que há, embora eu não tenha muita clareza sobre isso, um senso de paz infinita e proteção no brilho de cada elemento no céu. Creio que esse senso vem da vastidão e da eternidade da Lei da Matéria e não dos pudores e dos pecados da vida terrena dos homens, os quais precisam, a qualquer custo, encontrar consolo e esperança para seus instintos animais reprimidos. Assim espero que o seja, ou eu não poderia continuar a viver.

Isto posto, com esperança e solidão, dou cabo à minha história.

EDWARD PRENDICK.

NOTA: A essência do capítulo intitulado "Doutor Moreau explica", que contém a ideia central da história, apareceu como artigo principal do *Saturday Review*[18], em janeiro de 1895. Essa é a única parte da história que havia sido previamente publicada, tendo sido completamente adequada ao formato de narrativa.

---

[18] Programa de rádio sobre eventos culturais transmitido pela BBC Radio 4. (N.T.)